Josef Hasner

Tycho Brahe und J. Kepler in Prag

Antigonos

Josef Hasner

Tycho Brahe und J. Kepler in Prag

Unveränderter Nachdruck der Originalausgabe von 1872.

1. Auflage 2024 | ISBN: 978-3-38634-867-6

Antigonos Verlag ist ein Imprint der Outlook Verlagsgesellschaft mbH.

Verlag: Outlook Verlag GmbH, Zeilweg 44, 60439 Frankfurt, Deutschland, info@outlook-verlag.de
Vertretungsberechtigt: E. Roepke, Zeilweg 44, 60439 Frankfurt, Deutschland
Druck: Libri Plureos GmbH, Friedensallee 273, 22763 Hamburg, Deutschland

TYCHO BRAHE

UND

J. KEPLER IN PRAG.

EINE STUDIE

VON

Dr. JOSEF VON HASNER.

PRAG, 1872.

J. G. CALVE'sche k. k. Univ.-Buchhandlung

(OTTOMAR BEYER.)

Druck von Heinr. Mercy in Prag.

I.

Einleitung.

Der Aufenthalt Tycho Brahe's und Kepler's in Prag fällt in eine höchst bedeutende Époche der Culturgeschichte, nämlich den Wendepunkt des 16. zum 17. Jahrhundert. Im Laufe des 16. Jahrhundertes hatten unter dem .Einflusse der Buchdruckerkunst die Wissenschaften einen raschen Aufschwung genommen, an der Scholastik war arg gerüttelt worden und die kirchliche Reform hatte festen Boden gewonnen. Auch die Naturwissenschaften befreiten sich von den Fesseln des Aristotelismus und erwachten zu neuem Leben. Ein kräftiges Aufblühen derselben war nur möglich, wenn nüchterne Beobachtungen angestellt und auf die feste Grundlage physikalisch-mathematischer Gesetze gestellt wurden. Die Einsicht in diese Aufgaben tritt mit dem Fortschritte des Jahrhundertes immer deutlicher hervor. Vorerst waren es Astronomie und Chemie, welche aufblühten, freilich zunächst nur im Gewande der Astrologie und Alchemie, welche sich beim grossen Publicum durch verlockende Versprechungen einführten, die eine als Schicksalsdeuterin, die andere als Goldmacherin.

Das Interesse für die Astrologie wurde unter dem Einflusse der Presse im 16. Jahrhundert namentlich durch die zahlreichen, jährlich erscheinenden Kalender und deren Prognostika bald so allgemein verbreitet, dass die Astronomen in grossem Ansehen standen, beim Adel und

1

Regenten feste Anstellungen fanden. Die Goldmacher und Physiker waren übrigens wegen ihrer chemischen Experimente und magischen Künste allenthalben gleichfalls gesucht und beliebt. Das Interesse für die Erscheinungen des Himmels und die daran geknüpfte Deutung des Schicksals war und blieb beim grossen Publicum allerdings höchst naiv, nicht viel werthvoller als heutzutage z. B. jenes des Volkes am Aufschlagen der Karten oder Traumdeuten. Jedem Stern, jedem Sternbilde schrieb man einen besonderen Einfluss auf das Geschick der Menschen zu, jeder neue am Himmel erscheinende Komet, jede Constellation der Planeten sollte mit besonderen Kräften auf die Erde wirken. Der Himmel wölbte und wälzte sich ja als eine grosse Sphäre über und um die Erde, welche in dessen Centrum feststand, und die Veränderungen der ganzen Welt geschahen nur zu Glück oder Unglück des Menschengeschlechtes.

Die Sterne, Boten des Himmels, sahen mit ihren glitzernden Augen, der eine kalt, der andere warm, der eine liebend, der andere hassend oder kriegerisch, Reichthum oder Krankheit, Noth und Elend kündend auf die Menschen herab und schienen so recht die sichtbaren Vermittler zwischen diesen und ihrem Gotte zu sein.

Aber es konnte nicht fehlen, dass die Astronomen, insofern sie anfangs den Himmel lediglich zu dem Zwecke beobachteten, um aus der Constellation der Gestirne immer neue Beziehungen zu den Geschicken der Menschen aufzufinden, diese Beobachtungen immer mehr vervollkommneten und so auf Entdeckungen geführt wurden, welche der strengen Wissenschaft zu Gute kamen, und den Aberglauben immer weiter zurückdrängten. Das Kopernikanische Weltsystem war bereits 1543 veröffentlicht worden, der rascheren Verbreitung desselben standen jedoch anfangs bedeutende Hindernisse entgegen, und nur allmälig reiften überhaupt in jener Zeit, wo selbst die grössten Genien sich von den Schlacken der Scholastik noch nicht ganz zu befreien vermochten, die Früchte exacten Forschens.

Von dem grössten Einfluss auf den Fortschritt der Wissenschaften jener Tage war Kaiser Rudolf II., ein edler Fürst, dessen Lebensbild leider selbst noch von vielen heutigen Geschichtsforschern, in Folge des unseligen Einflusses der spanisch-jesuitischen Schule, nicht in voller Reinheit und Klarheit geschildert wird.

Unter den vielen Grossen jener geistig kräftig und mächtig dastehenden Epoche des beginnenden 17. Jahrhundertes, von denen nur Baco v. Verulam, Shakespeare, Galilei, Kepler, Harvey, Rubens genannt seien, nimmt Kaiser Rudolf einen ehrenvollen Platz ein. Voll wahren Interesses für Wissenschaft und Kunst, voll der edelsten kirchlichen Toleranz, fehlte ihm nur Eines, die Energie, um, wie er geistig über dem Kampfe der politischen Parteien stand, auch thatkräftig denselben zu gebieten, und sie zu regieren. Aber es ist ja eben das Stigma gerade der edelsten Menschen, dass sie es verabscheuen, sich in den Strom politischer Gährung zu stürzen, um ihn zu dämmen und so den Kampfplatz zumeist jenen Mediocritäten überlassen, welche der grossen Menge besser zu imponiren verstehen, indem sie ihr durch die beide beherrschende Phrase näher stehen.

Kaiser Rudolfs kunst- und wissenschaftliches Streben fiel in Prag nicht auf ganz günstigen Boden; denn seit den Hussitenunruhen hatte sich Böhmen nicht wieder geistig gehoben. Die Universität war im elendesten Zustande, Adel und Bürger vollauf mit kleinlichen nationalen, kirchlichen und politischen Fragen beschäftigt, wobei jedes Einzelnen Interesse meist nicht viel weiter, als der Schatten seines Kirchthurms reichte. Rudolf förderte aber unverdrossen mindestens in seinem Kreise das höhere geistige Leben, die Kunstschätze und Sammlungen des Kaisers vermehrten sich rasch, ein Strom von Gelehrten und Künstlern zog durch und nach Prag, und allmälig erweiterte sich auch in Böhmen der Kreis Jener immer mehr, welche an den Forschungen des Kaisers lebhaften Antheil nahmen, und es ihm gleichthaten.

Prag war, wie unter Karl IV., so unter Rudolf nahe

4

daran, das strahlende Centrum des geistigen Lebens in
Europa zu werden, als die spanisch-jesuitische Partei zur
vollen Herrschaft gelangte, die Gräuel des 30jährigen
Krieges in ihrem Fanatismus heraufbeschwor, und damit
all das Schöne, was Rudolf geschaffen, der Vernichtung
preisgab.

Diese Partei war es auch, welche dem edlen Kaiser
durch Jahre lang fortgesetzte Intriguen die Hände band, der
es schliesslich gelang, sein Wohlwollen gegen die Mehrzahl
der ihn umgebenden Menschen in Misstrauen umzuwan-
deln, und allenthalben sogar die Lüge zu verbreiten, der
Kaiser sei geisteskrank. Dies that sie aus Hass gegen
den Mann, welcher sich unter keiner Bedingung ihren
Plänen fügsam zu zeigen geneigt war. Diplomatische
Räpke, Bestechungen der Umgebung, glatte Worte, Alles
prallte an Rudolf ab, dessen Charakter, wenn er auch
seine ränkevolle Umgebung zu beherrschen nicht stark
genug war, doch sich auch derselben nicht beugte, und
der schliesslich nur in den Armen der Kunst und Wissenschaft den einzigen Trost für die ununterbrochen ihm
aufgenöthigten Kämpfe auf dem Throne und um den
Thron gefunden hat.

Die Berufung Tycho's und Keplers an den kaiserlichen Hof war mit eine der folgenreichsten culturge-
schichtlichen Thaten Rudolfs. Der Name Tycho's ist in
Prag noch heute populär, obgleich er kaum 2 Jahre daselbst gelebt hat; jederman kennt sein Grabmal in der
Teynkirche, und das Ferdinandeische Lustschloss wird
jedem Fremden als das Observatorium Tycho's gezeigt.
Aber Kepler, welcher 12 Jahre lang ununterbrochen in
Prag lebte und auch später damit in stetem Verkehr
stand, kennt die grosse Menge hier kaum dem Namen
nach, vielweniger seine Beziehungen zu Böhmen. Und
doch müssen wir Kepler, obgleich er von Geburt ein
Würtemberger war, mit Recht unter die Gelehrten Oester-
reichs zählen; denn er kam jung dahin, Graz, Prag und
Linz waren seine Wohnorte, und er beschloss sein Leben
im Dienste des Friedländers.

Namentlich Prag darf ihn den Seinen· nennen, denn hier fand er 1600, von Allen zurückgestossen, ein Asyl, hier lebte er die besten Mannesjahre, hier schrieb er seine bedeutendsten Werke, hier seinen Mars, worin er die elliptischen Bahnen der Planeten feststellte, hier seine Optik und Dioptrik, worin die physikalische Function des Auges, die Wirkung der Linsengläser erörtert wurde, hier construirte er sein Fernrohr und entfaltete überhaupt nach allen Richtungen jene staunenswerthe Productivität, welche ihm für alle Zeit einen der ersten Plätze unter den Genien der Menschheit sichert. Auf die späteren. Lebensjahre Keplers fällt höchstens die Vollendung mancher Arbeiten, die in Prag begonnen, im Plane fertig und auch zum grossen Theile bereits ausgearbeitet waren.

Ist es nun überhaupt eine der lohnendsten Aufgaben, in den umgebenden Verhältnissen den Bedingungen des Wachsthums und der Wirksamkeit grosser Genien nachzugehen, so mag es zur Rechtfertigung dienen, dass die folgenden Zeilen vor die Oeffentlichkeit treten. Sie sind der wesentliche Inhalt einer Abhandlung, welche vor mehreren Jahren in der Böhmischen Gesellschaft der Wissenschaften gelesen worden ist, und die sich auf das Studium der Werke und Correspondenz Keplers und Tycho's, sowie einige bisher unedirte Urkunden des k. k. Statthaltereiarchivs, deren Benützung ich dem damaligen Director Herrn Caj. Nádherny danke, stützte. Sie ist aus dem Bedürfnisse hervorgegangen, die Erinnerung an den persönlichen Verkehr Tycho's und Keplers in Prag zu wecken, und damit vielleicht den Anstoss zu geben, dass manche gewiss noch in Prag aufzufindende Spuren des Lebens dieser beiden Männer der Wissenschaft weiter verfolgt werden. Mittlerweile sind auch Keplers Werke vollständig von Ch. Frisch (Jo. Kepleri Opera omnia. 8. volum.) erschienen, und es fand sich darin noch Einiges, was zur Vervollständigung der früher entworfenen Schilderung diente, und das dankbar benützt wurde.

II.

Tycho.

Als Kaiser Rudolf 1576 in seinem 24. Jahre den Kaiserthron bestieg, begann der damals 29jährige Tycho Brahe den Bau der Sternwarte Uranienburg auf der Insel Huenna in Dänemark, die er von Jahr zu Jahr immer mehr erweiterte, und wo er bis zum Jahre 1597 blieb. Sein Ruf verbreitete sich rasch, und aus allen Theilen der Welt strömten Schüler herbei, um an Tycho's Beobachtungen Theil zu nehmen.

Von der Verehrung, welche man auch in Prag damals dem Tycho zollte, gibt ein Brief des Prokanzlers Jakob Curtius v. Senftenau an denselben v. Jahre 1590 Zeugniss (Tycho B. astron. instaur. mech. 1602), wo dieser den sehnlichen Wunsch ausdrückt, mit Hajek nach Uranienburg zu reisen. Auch Thad. Hajek, der Arzt Rudolfs, unterhielt schon früher eine gelehrte Correspondenz mit Tycho, und hatte des Curtius Nachfolger Rudolf Coraducius für denselben zu begeistern gewusst. Einen ebenso einflussreichen Freund fand Tycho an des Kaisers Geheimsecretär Johann Barvitius. Als er nämlich im Jahre 1597, veranlasst durch die Ungunst des Hofes, Uranienburg für immer verlassen musste, und mit der ganzen Familie von Heinr. Rantzow auf Wandesburg bei Hamburg gastlich aufgenommen worden war, wandte sich dieser an den Erzbischof von Köln, und empfahl ihm die Vermittelung einer Berufung Tycho's an den kaiserlichen Hof. Der Erzbischof schrieb an Barvitius, und damit waren die Verhandlungen eingeleitet, nachdem Tycho auch (am Sylvestertage 1597) dem Kaiser von Wandesburg aus sein neuestes Werk, die astronomia instaurata mechanica dedicirt, und so Rudolf ein Programm seiner bisherigen Leistungen vorgelegt hatte.

Im März 1599 verliess Tycho mit seiner zahlreichen Familie, (die Gattin Christine war von bäuerlicher Abkunft, und zu dieser Zeit befanden sich 5 Kinder am Leben) und dem grössten Theile seiner Instrumente Wandesburg, hielt sich durch einige Zeit in Wittenberg auf, und kam im Mai nach Prag.

Hier wurde er sehr freundlich von Barvitius und dem Kaiser empfangen, und seine Instrumente fanden zunächst im Ferdinandeischen Lustschlosse provisorische Aufstellung. Sein Jahresgehalt sollte 1000 Schock meissn. betragen. Da sich in Prag kein geeigneter Ort für die Errichtung einer Sternwarte fand, stellte es der ·Kaiser dem Tycho anheim, sich eines seiner Schlösser auf dem Lande „zur Exercirung seines Studii" auszuwählen, und Tycho reiste daher ab, um eine passende Wahl zu treffen. Er entschied sich bald für Benatek an der Iser, (Benach, Venetiae Bohemorum, epistolae ad Keplerum, Lipsiae 1718 N. 67), welches Schloss Kaiser Rudolf im selben Jahre von dem Grafen von Dona gekauft hatte, und liess sofort seine Familie und Instrumente dahinkommen. Tycho begann auch sogleich mit der Umgestaltung der Räumlichkeiten der Burg für seine Zwecke. Er beabsichtigte daselbst sowohl eine Sternwarte als ein chemisches Laboratorium zu errichten. Auch musste für seine Familie, für die zahlreichen Gehilfen und Gäste, welche ihm alsbald folgten, Raum geschafft werden. · Da gab es denn ein Einreissen von Mauern, ein Bauen und überhaupt ein Rumoren, welches weder den Bediensteten des Schlosses, noch der Kreisbehörde gelegen kam, denn Tycho brauchte zu seinen Einrichtungen vor Allem Geld, und damit· hielten die kaiserlichen, sowie die Landesämter auch gegen die Intentionen des Kaisers selbst immer zähe zurück.

Doch Tycho liess sich nicht abschrecken. Er hatte die Schule bitterer Erfahrungen hinter sich, war an kleinliche Hindernisse, welche übrigens allenthalben vorkommen, gewöhnt, und diesmal schützte ihn des Kaisers Huld und Gnade, so wie die Ueberzeugung, dass derselbe ihn nicht leichten Kaufs wieder von sich lassen werde.

Der Brandeiser Hauptmann Kaspar von Mühlstein legte Tycho die ersten Hindernisse in den Weg. Am 2.

December 1599 schrieb er an den böhmischen Kammer-
präsidenten (das böhm. Originalschreiben im Statthalte-
reiarchiv T. 64. 3), dass sich Tycho bekanntlich in Folge
kaiserlichen Befehles in Benatek befinde, und dass einige
Bauten begonnen wurden, welche zwar noch nicht be-
endet seien, deren Beendung aber bevorstehe. Nun müsse
er anzeigen, dass die Pläne Tycho's immer weiter gehen, und dass die Kosten hiefür das Präliminare um
das Doppelte übersteigen würden. Da Mühlstein dem
Tycho die Bewilligung hiezu ohne erlangten Befehl der
böhm. Kammer nicht geben könne, so drohe ihm dieser
mit dem Kaiser, und dass er demselben schreiben wolle,
er verlasse Böhmen wieder, und werde auch die Gründe
nicht verschweigen. Dieser Tage habe er — Mühlstein
— einen Brief vom Geheimsecretär Barvitius erhalten,
worin dieser ihm anzeigt, dass Sr. Majestät den Tycho
in besondere Gunst genommen habe und befehle, ihm
nebst den begonnenen Bauten noch eine hölzerne Stube
und einen neuen Ofen herzurichten, wozu derselbe 80
Schock böhmische Groschen bewillige (že V. M. C. toho
člověka sobě nemálo oblybovati a mu milostivě poroučiti
tazý, abych mu mímo to předešle začaté stavený světnici
novou z dříví sroubiti dal a. t. d.). Mühlstein schrieb zurück, dass er dies Alles ohne Wissen der Stände nicht
thun könne, nur wenn er von da den Befehl erhalte, so
werde er sich darnach richten. Tycho zeigte ihm ferner
ein Decret des Barvitius des Inhaltes, dass ihm der
Kaiser 1000 Schock meissn. bewillige, und ihn diesfalls an die Rentcasse von Benatek verweise (V. M. C.
mu pro vychovaný jeho (studii) jeden tisycz kopp Myš.
povolovati a mně abych mu jey z duchoduw Benatskych
proti kwitanci jeho vyczetl poroučiti ráčí). Tycho verlangt
nun das Geld. Mühlstein antwortete, er habe hiezu weder
den Befehl vom Kaiser noch von den Ständen. Und wenn
er ihn hätte, so wüsste er nicht, woher er eine solche bedeutende Summe nähme. Wenn ein so bedeutender
Ueberschuss in den Benateker Cassen läge, so wüsste er
ihn auf andere sehr wichtige Dinge zu verwenden, wie

auf die Ausbesserung der Teiche, den Einkauf von Vieh u. s. w. (věděl bých gey na jiné dosti platne potřeby kam obratiti, totiž na opravy rybnikůw, vkoupení koný, klysen a dobytka hovězyho). Er könne ferner nicht verschweigen, dass er dem Tycho jede Woche aus dem kaiserlichen Wald 5 Klafter Holz gebe (!) und noch dazu Kohlen zum Destilliren der Wasser. Tycho behaupte, er müsse das Alles haben. Mühlstein bittet nun, dies in Erwägung zu ziehen; nächstens wolle er eine Specification der Auslagen einsenden.

In Folge dessen erfloss ein Rescript des Kaisers an die böhm. Kammer, (Pilsen 10. Decbr. 1599, contrasignirt von Joh. Barvitius) worin derselben bekannt gegeben wird, dass der Kaiser den mathematicum Tychonem Brahe zu seinen Diensten aufgenommen, demselben zur Exercirung seines Studii die Wohnung auf der kaiserlichen Herrschaft Benatek bis auf andere Verordnung angewiesen und zur Erziehung seiner unter Anziehung seines Diensts täglich aufwendenden Unkostens, eine Summe Solds jährlich auszuzahlen verordnet. Als befehlen wir euch gnediglich, ihr wollet in unserem Namen die Verordnung thun, damit ermeltem Tychoni Brahe jährlich aus dem Amt Benatky oder Brandeis vom ersten verschienenen Monats anzuraiten Tausend Gulden entricht ingleichen auch der Verlag zur Erspairung einer Stuben, und etlichen anderen kleinen Zimmerlen, (doch dass sich dieselben weiter nicht als er selbst verzeichnet, und unserem Hauptmann zu Brandeis bewusst sich erstrecke) dargereicht werde, dieselben in künftiger Raitung passirt werden.

Mit obigem Erlasse wurde Mühlstein vorläufig beruhigt, Tycho konnte sich nunmehr auf Benatek wohnlich einrichten, seine Instrumente nachkommen lassen, und seine Beobachtungen beginnen. Sofort zog er mehrere Gehilfen seiner Arbeiten an sich, und eine seiner ersten Sorgen war auch Kepler, dessen grosses Talent er besonders respectirte, für sich zu gewinnen.

Aber lange dauerte bei den immer erweiterten Ansprüchen Tycho's der Friede zwischen ihm und Mühlstein nicht. Dies sowie der Umstand, dass der Kaiser seinen Mathematiker lieber in seiner nächsten Umgebung haben wollte, war es daher auch, was den Geheimsecretär ·Barvitius im Sommer 1600 bewog, Tycho den Rath zu geben, Benatek zu verlassen, mit seinem ganzen Gefolge, Instrumenten und Büchern nach Prag zu kommen und einen geeigneteren Wohnsitz in unmittelbarer Nähe der Stadt auszuwählen. („Quantum enim intelligo, cupit Caesar, ut in propinquo habitem, et jam de loco commodo, qui civitati conterminus est, deliberatur“, so schreibt Tycho an Kepler). Tycho wohnte jetzt anfangs im Gasthause beim goldenen Greif auf dem Hradschin, wurde jedoch durch die Unruhe daselbst bald veranlasst, eine Privatwohnung (nahe dem Hause des Baron Hofmann auf dem Lorettoplatze und an der Stelle des gegenwärtigen sogenannten Černin'schen Palais) zu beziehen.

Die Verhandlungen über den Ort der anzulegenden Sternwarte zogen sich in die Länge mit aus dem Grunde, weil Kepler, welcher im Herbst 1600 nach Prag übersiedelte, und bei der Auswahl des geeigneten Ortes behilflich sein sollte, erkrankte. So kam der Sommer 1601 heran; auch Tycho kränkelte, und kaum hatte sich Kepler von seiner Krankheit erholt, als jene Tycho's (ein seit Jahren bestehendes Blasenleiden mit Urinverhaltung) am 13. October 1601 einen acuten Charakter annahm, und er am 24. October in seinem 54. Lebensjahre starb. Tycho wurde in der Teynkirche begraben.

Mit ihm gingen die weit aussehenden Pläne auf die Errichtung eines grossen astronomisch-chemischen Institutes am Rudolfinischen Hofe zu Grabe.

Der Kaiser kaufte den ganzen astronomischen Nachlass Tycho's von den Erben um 20.000 Thaler an. Aber derselbe blieb durch mehrere Jahre unter Sperre im Ferdinandeischen Lustschlosse, und konnte von Kepler lange nicht benützt werden. Durch Entdeckung des Fernrohrs und die Verbesserung astronomischer Instrumente wurden die tychonischen ohnehin für wissenschaftliche Forschungen bald zum grösseren Theile werthlos; seit Keplers Entfernung von

Prag ruhten die Instrumente vollständig. Später kamen sie in die Hände der Jesuiten an der Ferdinandeischen Universität, füllten dann eine Rumpelkammer des astronomischen Thurmes der Universität, und was davon noch im Laufe der Zeit übrig geblieben war, gelangte in unseren Tagen — unseligen Andenkens — unter den Auctionshammer. Heute sind sie in aller Welt verstreut. Ich sah erst jüngst ein Tychonisches Jovilabium, Original, im Besitze eines Privaten in Prag.

Aus den Acten des k. k. Statthaltereiarchivs, welche auf diese Angelegenheit Bezug haben, lässt sich entnehmen, dass von der Summe von 20000 Thalern für den Tychonischen Nachlass bis zum Jahre 1608 erst 10000 Thaler an die Erben ausbezahlt waren. In diesem Jahre urgirten die Erben bei König Mathias die Bezahlung des Restes aus der böhmischen Kammer. Es wurde diesfalls an die Kammer geschrieben, und daher eine Commission berufen, welche „in des Herrn Oberhauptmanns Haus in Gegenwart Keplers und des Kammerprocurators" ein Protokoll aufnahm und erklärte, es liege kein rechtlicher Grund vor, dass die Schuld von der böhmischen Kammer übernommen werde. Am 9. Juli 1609 erfolgte jedoch, wahrscheinlich über neuerliche Urgentien der Tychonischen Erben, ein Rescript des Kaisers Rudolf an die böhmische Kammer, in welchem befohlen wird, dieselbe möge bei dem böhmischen Rentamt „sintemalen besagte Instrumente und Bücher in dieser Krone Behemb verbleiben" verordnen, dass die Erben Tychos aus den Renten befriedigt werden. Aber der Wille des Kaisers wurde nicht oder nur theilweise befolgt; die diesfälligen Verhandlungen schleppten sich viele Jahre hindurch fort, wie denn selbst noch im Jahre 1636 wegen Geldmangel und den politischen Wirren die völlige Befriedigung der Erben nicht erfolgt war. Ob in diesem Jahre der Rest wirklich vollständig ausbezahlt wurde, vermochte ich aus den vorliegenden Acten nicht zu entnehmen.

Die kurze Zeit des Aufenthaltes Tycho's in Prag wäre ohne Einfluss auf die Entwickelung der Wissenschaften geblieben, wenn er nicht während derselben Kepler an sich gezogen hätte. Der Genius dieses Mannes kam in Prag zu kräftigster Entfaltung. In dieser Beziehung liess Tycho daher die dankeswerthesten Spuren in Prag zurück. Wir wollen nunmehr auf die ersten Anfänge der Verbindung Keplers und Tycho's zurückgehen.

III.

Tycho und Kepler.

Als die Professur der Mathematik in Graz durch den Tod des Georg Stad erledigt war, wurde Johann Kepler von Tübingen aus durch seinen Lehrer Möstlin im Jahre 1593 dahin empfohlen und berufen. Der schwächliche, kränkliche junge Mann von 22 Jahren betrat den Boden der österreichischen Staaten nur zögernd, mehr gedrängt durch seine Lehrer. Ihn schreckte weniger die Entfernung von der Heimat als seine geringe Ausbildung in der ihm anvertrauten Wissenschaft, da er während der Universitätszeit die Mathematik durchaus nicht mit Vorliebe studirt hatte. Doch traute er sich selbst weniger zu, als seine Lehrer, welche ihm das Zeugniss gaben, dass er in den astrologischen Wissenschaften nicht gewöhnliche Kenntnisse besitze, sein Talent, seinen Fleiss und sein ernstes Streben rühmten. Kepler hatte in Graz nebst Mathematik und Astronomie auch Geschichte und Ethik zu dociren (Epist. 50).

Seine erste literarische Arbeit war ein Kalender für das Jahr 1594, welchen er unter Anderen auch an Raymarus Ursus, den damaligen Mathematiker des Kaisers Rudolf (epist. 66) mit einem höflichen Schreiben übersendete. Nicht nur hatte Kepler des Ursus Schriften gelesen und bewundert, sondern es waren auch einige steirische Edelleute, welche ihm riethen, die Bekanntschaft dieses Sonderlings (wie sie sagten eines zweiten Diogenes) zu suchen. Dies Schreiben Keplers wäre, wie sich aus dem Späteren ergibt, leicht von bedenklichen Folgen für ihn gewesen, indem es in seine ersten Beziehungen zu Tycho einen Misston brachte. Ursus antwortete dem Kepler erst im Juni 1597 nach Erscheinen von dessen Prodromus, bat um ein Exemplar dieses Buches und schickte dagegen eines seines chronotheatrum (Prag 1597), einer Schrift, in welcher er Tycho sehr heftig angriff.

Das erste grössere Werk Keplers war der prodromus dissertationum cosmographicarum 1596. Der elegante Styl, die reichen Ideen, die scharfe Dialektik verbunden mit der Consequenz mathematischer Grundsätze, so wie die ungewohnte Entschiedenheit, mit welcher er die Lehren des Kopernikus verfocht, waren geeignet, die Aufmerksamkeit der Gelehrten auf den jungen Mann zu richten. Diese Schrift wurde auch die erste Veranlassung seiner Berufung nach Prag.

Kepler, welcher den Tycho Brahe wahrhaft hochschätzte, obgleich er dessen Theorie des Himmels bisher nur aus den Mittheilungen Möstlins kannte, übersendete im December 1597 demselben ein Exemplar des Prodromus mit den Ausdrücken kindlicher Verehrung (J. Kepleri opera 8. 1697.) Dies Schreiben empfing Tycho im März 1598, als er, von Uranienburg vertrieben, bei seinem Freunde Rantzow weilte. Er hatte den Prodromus bereits früher gelesen, und die Schärfe des Geistes, die Gelehrsamkeit und den gewandten Styl des Autors bewundert. Indem dieser ihm jetzt voll Ehrfurcht in einem Schreiben nahte, war er vollends bezaubert, und sprach sofort den Wunsch aus, Kepler möge ihn besuchen. (Epist. 65. Ingenii tui acumen sagaxque studium non obscure hic elucet: ut de stylo terso ac rotundo nihil dicam. Ingeniosa certe et succincta est speculatio). War dessen Theorie auch mit der seinen nicht übereinstimmend, so hoffte er doch, ihn noch eines Besseren belehren zu können, überhaupt dessen Talent zu nützen.

Namentlich mochte auf Tycho ein Umstand bestimmend wirken, sich mit dem jungen Gelehrten inniger zu verbinden, — der Streit nämlich mit dem kaiserlichen Mathematikus Raymarus Ursus. Dieser hatte, wie oben erwähnt, wahrscheinlich bereits von den Verhandlungen wegen Tycho's Berufung nach Prag unterrichtet, ihn im Chronotheatrum angegriffen. Niemals konnte Tycho ein brutaler Angriff ungelegener kommen, als im Momente jener Krise, noch dazu ausgehend von dem Mathematiker des Kaisers Rudolf, in dessen Dienst zu treten er selbst die Absicht hatte. In seinen Briefen an Möstlin u. a. führte deshalb Tycho die lebhafteste Klage gegen Ursus. Ja noch mehr. Ursus hatte die Unverschämtheit, im Chronotheatrum den Brief Keplers, welchen dieser vor Jahren an ihn geschrieben, und worin der junge Mathematiker der Provinz dem Mathematiker der Residenz einige Höflichkeiten sagte, abzudrucken und seine Schrift damit zu schmücken. Dies verdross Tycho besonders. Er hoffte nun, Kepler werde zu bewegen sein, die ihm angethane Schande zu sühnen, wenn er mit ihm gegen Ursus auftrete. In diesem Sinne schrieb er an Möstlin (Epist. 13), der wieder Kepler anging, sich gegen Tycho zu entschuldigen, was denn auch in einem Schreiben geschah (Epist. 66), aus welchem Keplers kindliche Seele, gerader Sinn und Herzensgüte strahlend leuchtet.

Die Verhandlungen wegen Tychos Uebersiedlung nach Prag reiften im Jahre 1598 und es trat daher auch an Kepler die Frage immer ernster heran, ob er der dringenden und wiederholten Einladung desselben dahin folgen solle? Er berieth sich deshalb mit Möstlin, J. Papius, Gerlach und Hafenreffer in Tübingen, auch mit seiner Mutter, mit Joh. Homelius u. A. Sein liebster Wunsch war freilich, nach Würtemberg zurückzukehren, aber seine Freunde vermochten dort nichts für ihn zu thun. Da mittlerweile auch die Verhältnisse in Steyermark immer unleidlicher wurden, blieb ihm, obgleich ihm die geselligen Tugenden Tycho's nicht im besten Lichte geschildert worden waren, und er fürchtete, dass derselbe sein Talent allzusehr ausnützen, ihn terrorisiren werde u. s. w., doch nichts anderes übrig, als vorläufig das Terrain in Prag

zu sondiren und Tycho zu besuchen, ohne deshalb irgend-
wie bindende Verpflichtungen demselben gegenüber einzu-
gehen. Mit trieb ihn freilich sein wissenschaftliches Streben dahin, das Tychonische System bei dessen Autor selbst.
zu studiren, und den berühmten Mann persönlich kennen
zu lernen.

Er musste wohl auch endlich einen Entschluss fassen,
denn je mehr Freunde er in dieser Sache zu Rathe zog,
um so verschiedenere und oft widersinnige Ansichten
musste er hören. So widerrieth Homelius (epist. 91) nach
Prag zu gehen, denn er könnte mit seiner Offenheit auf
den Kaiser keinen guten Eindruck machen. Damit irrte
aber Homelius, denn Kaiser Rudolf hasste zwar die
Heuchler, aber nicht die offenen Menschen.
Die Thatsache, dass Rudolf dem Kepler bis zum Tode gewogen blieb, hat den Homelius zur Genüge Lügen gestraft.

Den besten Rath gab Med. Dr. Joh. Pappius (epist.
29.): dem Tycho vorerst näher zu treten, die Lage der
Dinge in Prag vorsichtig zu sondiren, und sich überhaupt
zu zeigen, (ut ingenii tui praestantia praestantibus inno-
tescat hominibus).

Nochmals schrieb auch Tycho am 9. December 1599
von Benatek aus an Kepler, lud ihn zu sich, und eröffnete
ihm die Aussicht auf dauernde Anstellung in Prag. Dieser
Brief ist voll Wohlwollen und Freundschaft. Nolim tamen,
ut fortunae asperitas te nos accedere compellat, sed potius arbitrium proprium et erga communia studia amor
et affectio. Quidquid id tamen erit, invenies me non fortunae, qualiscunque illa sit, sed tuum amicum, qui etiam
in adversa sorte suo consilio et auxilio tibi nequaquam
sit defuturus, sed potius te ad optima quaeque promoturus.
Et si mature accesseris, eas forte rationes inveniemus, qui-
bus tibi et tuis in posterum rectius quam antea consul-
tum erit. Zugleich berührte Tycho abermals die Ursische
Affaire, welche ihm in diesen Tagen neuerlichen Kummer
machte. Denn Ursus hatte, als Tycho im Mai 1599 nach
Prag kam, die Residenz verlassen, und hielt sich einige
Zeit in Schlesien auf. Da er erfuhr, dass Tycho in Bena-

tek sei, kam er in aller Stille nach Prag zurück. Tycho
liess ihn jedoch hier nicht ruhen, sondern hatte die Absicht,
ihn gerichtlich zu belangen, und Kepler sollte ihm nebst-
bei behilflich sein, in einer wissenschaftlichen Refutation
den Ursus zu vernichten! — Grosse Sorgen eines kleinlichen Mannes!

Tycho's Brief fand Kepler nicht mehr in Graz. Er
war bereits am 6. Januar 1600 mit dem Staatsrath Baron
Hofmann, welcher ihm besonders wohlwollte, und der ent-
scheidende Vermittler der Verbindung Tycho's und Kepler's
wurde, nach Prag abgereist und kam daselbst Mitte Januar
an. Er meldete Tycho in einem höflichen Schreiben seine
Ankunft nach Benatek, worauf dieser sofort am 26. Januar
seinen präsumtiven Schwiegersohn Franz Tengnagel, sowie
den eigenen Sohn mit einem Wagen nach Prag sendete,
und Kepler in einem freundlichen Schreiben zu sich be-
schied. Er entschuldigte sich, dass er nicht selbst komme;
denn er unterbreche seine Studien nicht gerne und komme
überhaupt nur nach Prag, wenn ihn der Kaiser dahin
rufen lasse. (epist. 68. adveniens non tam hospes quam
amicus gratissimus nostrarumque in coelestibus contem-
plationum per ea, quae nunc ad manus habeo, instrumenta
(die grössten waren noch in Uranienburg) spectator et
socius acceptissimus.) Dem Baron Hofmann dankte Tycho
speciell (J. Kep. opera. 8. 716) dafür, dass er Kepler nach
Prag gebracht.

Am 3. Februar reiste dieser mit einem höflichen Be-
gleitschreiben Hofmanns von Prag zu Tycho, und genoss
durch mehre Wochen dessen Gastfreundschaft auf der Burg
Benatek. Er fand dort ein buntes reges Leben. Es hauste
daselbst nicht bloss die grosse Familie und Dienerschaft
des Astronomen, sondern der Ruf Tychos zog Bekannte
und Freunde aus früherer Zeit, sowie Fremde herbei. Mancher davon mochte gleich Kepler hoffen, durch Tycho am
kaiserlichen Hofe Eingang und Unterkunft zu finden. Die
jungen Dänen Eriksen und Tengnagel, der Medicinae
Professor Jessenius aus Wittenberg, die Astronomen Longomontanus, Kepler und mehre Famuli bildeten in diesen

Tagen die stabile Tischgesellschaft Tychos, welcher den Genüssen einer guten Tafel und des Weines nicht abhold war, ja manchmal in letzterer Beziehung über das Maass hinaus ging (epist. 103).

Es wurden schon am 5. Februar mehrfache Plane für die Zukunft gemacht. Der junge Georg Brahe, ein leidenschaftlicher Chemiker und Destillator (epist. 105), sollte dem Laboratorium vorstehen. Longomontanus erhielt die Aufgabe, den Mond, Kepler jene, den Mars zu beobachten. Tengnagel, der Bräutigam von Tycho's Tochter Elisabeth, umkreiste selbstverständlich eine irdische Venus, und fand für die Beobachtung der himmlischen keine Zeit. Anfangs war der Verkehr Tycho's mit Kepler ein sehr freundlicher, doch liess er sich zum Verdrusse Kepler's nicht viel in gelehrte Discurse ein. Dieser musste höchstens bei Tische manchmal die Gelegenheit gerade vom Zaune brechen, um Tycho die Beantwortung einer wissenschaftlichen Frage abzunöthigen. Auch behagte dem an das stille wissenschaftliche Leben in Graz gewöhnten jungen Gelehrten das wüste Treiben im Hause Tycho's nicht, und er sehnte sich bald nach seiner Stube und seiner jungen Gattin zurück. Dabei war Tycho ein eitler, auf seinen Ruhm und Adel stolzer, hochfahrender Mann, dessen Absicht, das grosse Talent Keplers seinen Zwecken dienstbar zu machen, immer deutlicher hervortrat.

Kein Wunder daher, dass demselben der Aufenthalt in Benatek täglich unbequemer, und sein anfänglicher Entschluss, sich an Tycho nur unter bestimmten Bedingungen zu fesseln, bestärkt wurde. Zu dem Misstone, welcher sich zwischen Kepler und Tycho in den letzten Wochen auf Benatek erhob, scheint Tengnagel keine geringe Veranlassung gegeben zu haben. Dieser ehrgeizige, intriguante und stolze junge dänische Edelmann, welcher in der Tychonischen Familie eine einflussreiche Rolle spielte, fand sich durch Keplers grosse Gelehrsamkeit, dessen offenen und doch starren Sinn, so wie wahrscheinlich auch durch dessen etwas spiessbürgerliche und kleinliche Anschauungsweise gesellschaftlicher Verhältnisse schon damals genirt, wie er denn auch später durch seine Ränke demselben vielfach zu schaden bemüht war..

Kepler verfasste in Benatek mehre Entwürfe eines Vertrages mit Tycho, welche wegen der Vorsicht und Minutiosität, mit der sie in alle Details der zu schliessenden Verbindung eingingen, diesen nothwendig frappiren und verletzen mussten, umsomehr als dessen eigene Stellung noch nicht so sehr befestigt war, dass er hätte Kepler nach allen Seiten befriedigende Zusagen machen können. Anderntheils befürchtete freilich dieser seinen Gehalt in Steiermark zu verlieren, wenn er auf längere Zeit nach Böhmen übersiedelte. Auch bangte ihm davor, ob überhaupt die Verwandten seiner Gattin dieselbe von Graz wegziehen lassen werden. Ferner war Tycho ebenso leidenschaftlich als wankelmüthig, und es konnte leicht geschehen, dass er, wenn ihm in Böhmen Schwierigkeiten in den Weg gelegt wurden, plötzlich wieder auf und davon zöge; endlich konnte er, kränklich und bei Jahren, plötzlich mit Tode abgehen. Hiezu kam die Geldfrage. Wer sollte die bedeutenden Kosten der Reise Keplers mit seiner Familie tragen? wer die des theueren Lebens in Prag?

Und es war sein Wunsch, nicht in Benatek, sondern in Prag zu leben, wo er seinen Studien mit mehr Erfolg nachgehen konnte und seine Gattin im Umgange mit Deutschen Ersatz für die Trennung von Freunden und Verwandten gefunden hätte. In Benatek seien wenig Deutsche, man wäre vereinsamt, und in Tycho's beschränkte Wohnung, so wie in das geräuschvolle Leben von dessen Familie, wollte er die Seinen, welche an Ruhe und gute Sitte gewöhnt waren, nicht einführen. (Hic in Benatka pauci sunt germani, solitudo hominum, Tychonis vero angustae sedes, magna turba familiae, cui nolim immiscere meos, qui tranquillitati et modestiae assueverunt.)

Da über all diese heiklen Dinge hin und her gesprochen wurde, musste die Verstimmung zwischen den beiden Astronomen wachsen, und sie erreichte den höchsten Grad am 5. April, wo Tycho in Gegenwart des Jessenius auf 10 von Kepler schliesslich schriftlich verfasste Vertragspunkte demselben eine schriftliche Erwiderung theils vorlas, theils vorlesen liess. Kepler bestand darauf, am anderen Tage, wo Jessenius nach Prag fuhr, mit diesem Benatek zu verlassen.

Obgleich Tycho einwand, er möge doch wenigstens noch so lange warten, bis durch den nach Pilsen an den Hof des Kaisers abgereisten Tengnagel irgend eine bestimmte Antwort auf die schwebenden Fragen, bezüglich derer der Staatsrath Coraducius angegangen worden war, erfolgt sei, so liess sich doch der nunmehr bis zum Uebermaass leidenschaftlich erregte Kepler nicht mehr halten, und fuhr mit Jessenius am 6. April nach Prag zu Baron Hofmann zurück.

Tycho, der diesmal mehr Ruhe und Besonnenheit als Kepler gezeigt hatte, wie dies wohl auch dem Manne von 53 gegenüber jenem von 29 Jahren zustand, schrieb gleichzeitig einen kurzen Brief an Hofmann, worin er darauf hinwies, dass ihm Jessenius den Hergang seines Zerwürfnisses mit Kepler erzählen werde, und sprach schliesslich die Hoffnung aus, dass Hofmann mit klugem Rath in der Sache eintreten werde.

Baron Hofmann war in der That die geeignetste Persönlichkeit zu einer Schlichtung des zwischen den beiden Gelehrten schwebenden Streites. Er hegte seit längerer Zeit die zuversichtliche Erwartung, dass ein freundschaftlicher Verkehr Tycho's und Kepler's am Rudolfinischen Hofe von grossen Folgen für den Fortschritt der Wissenschaften sein werde, und den Rathschlägen dieses ebenso ausgezeichneten Charakters, als einflussreichen Mannes bei Hofe, folgten beide gern und ohne Zögern. Den Vorstellungen Hofmann's, welchen sich Jessenius anschloss, gaben denn auch beide bald nach, und als Tycho gegen Ende des Monats April nach Prag kam, entschloss sich Kepler, an ihn einen reuevollen Brief zu richten, worin er alle Schuld auf sich, auf seine Jugend, sein cholerisches Temperament und angegriffene Gesundheit wälzte, und in der eindringendsten Weise um Verzeihung bat. (Oro autem, quia lubrica est vita hominis, ut si Magnificentia Tua advertat, me imprudentem in tale quid vergere, me mei ipsius admoneat, experietur enim me morigerum.)

Tycho liess hierauf gewiss Kepler zu sich kommen, um ihm die Hand zu reichen, denn beide reisten versöhnt in den letzten Tagen des April oder den ersten des Mai nach Benatek, wo Kepler noch durch 4 Wochen bei Tycho blieb. Anfangs Juni 1600 endlich verliess er Böhmen, um seine Verhältnisse in Steiermark zu ordnen, und Tycho gab ihm ein Empfehlungsschreiben mit, welches, in den schmeichelhaftesten Ausdrücken abgefasst, ein sprechendes Zeugniss der neugeschlossenen und bis zum Abschiede ungestörten Freundschaft der beiden Männer ist.

Es war zwischen ihnen verabredet worden, dass Kepler nunmehr in Graz die Entscheidung des Kaisers über seine Anstellung als Adjunct Tycho's (für ein oder zwei Jahre) abwarte, wobei er hoffte, dass es gelingen werde, bei den steirischen Ständen die Professur in Graz für sich offen zu halten, und den Gehalt während seines Aufenthaltes in Böhmen fortzubeziehen.

Doch in Graz gestalteten sich die Verhältnisse für Kepler keineswegs günstig. Seine Stelle wurde ihm gekündigt, und er sollte die Steiermark binnen 45 Tagen verlassen. In dieser Sorge wendete er sich sofort an die Freunde in Tübingen, namentlich an seinen Lehrer Möstlin, und am 12. Juli an seinen Gönner, den bairischen Kanzler Herwart in München. Letzterer rieth ihm (25. Juli) bestimmt, nach Prag zu gehen. In seinem Vaterlande wären alle Aussichten für ihn verschlossen. Auch Longomontanus und Tycho drängte Kepler zu einer Entscheidung über seine Aussichten in Böhmen, widrigenfalls er lieber in sein Vaterland Würtemberg zurückkehren wolle.

Tycho schrieb am 29. August (epist. Nr. 69) zurück, und forderte Kepler auf, nunmehr sofort nach Prag zu kommen. Er stellte es ihm frei, ob er allein oder mit Familie kommen wolle. Für die Reise werde er doch wohl in Graz ein Viaticum auftreiben können. Sei er nur einmal in Prag, so werde für ihn durch den Einfluss von Coraducius und Barvitius schon eine Unterkunft gefunden werden. Im schlimmsten Falle werde er, Tycho, sein ihm gegebenes Wort einlösen, und Alles halten, was er ihm versprochen.

Die Aussichten für Kepler hatten sich in der That in Prag günstiger gestaltet. Denn der Kaiser war im Juli von Pilsen nach Prag zurückgekehrt. Bald darauf erhielt Tycho durch Barvitius den Rath, Benatek zu verlassen und nach Prag zu übersiedeln. Wenig Tage nach seiner Ankunft daselbst wurde er zur Audienz berufen. Dieselbe währte anderthalb Stunden. Der Kaiser trug dem Tycho auf, ihm seine Wünsche zu nennen, was derselbe that, und zugleich bat, dieselben in der Form eines Promemoria dem Kämmerer Barvitius übergeben zu dürfen. Er ergriff, als auf seine Instrumente und Beobachtungen die Rede kam, die Gelegenheit, zu bemerken, dass er den vielfachen Aufgaben nicht ohne Gehilfen genügen könne. Als der Kaiser erwiderte, dass er für solche sorgen wolle, führte Brahe speciell den Kepler an, welcher aus Steiermark berufen, und durch ein oder zwei Jahre in Prag angestellt werden könnte. Hiezu nickte der Kaiser beifällig zustimmend, und befahl, Tycho solle auch dies Desiderat in das Promemoria aufnehmen.

Später sprach Brahe mit Coraducius und bat, es möge in einem kaiserlichen Schreiben die steirische Landschaft angegangen werden, dass Kepler auf zwei Jahre von dort mit Belassung seines Stipendium, wozu vom Kaiser noch mit Rücksicht auf die Theuerung in Prag 100 fl. jährlich hinzugefügt würden, Urlaub erhielte. Coraducius stimmte gleichfalls zu.

Der Brief Tycho's musste wohl auf Kepler entscheidend wirken, denn das dankbare Vaterland kümmerte sich nicht um ihn, aus Steiermark war er wegen seines protestantischen Religionsbekenntnisses geradezu „relegirt und ausgeschafft" und die anderweitigen Rathschläge seiner Freunde, wie z. B. jener, nach Italien zu gehen, um dort Medicin zu studiren, behagten Kepler ebensowenig, als sie unpraktisch waren, indem ihm zu einem längeren Aufenthalte in Italien das Geld fehlte.

Allerdings ging er nach Böhmen auch nur ungern und mit Widerstreben, denn.ihm graute vor dem engeren Zusammenleben mit Tycho und dessen Familie, da er davon in Benatek einen Vorgeschmack erhalten hatte. Brahe's geistige und körperliche Kraft war, als er nach Böhmen kam, bereits gebrochen. Die Trennung von Uranienburg, wo er durch mehr als 20 Jahre gelebt und gewirkt hatte, die Anknüpfung ganz neuer Lebensverhältnisse, wirkte verstimmend und lähmend auf seine Thätigkeit. Nur Eitelkeit und Ehrgeiz waren dem alternden kranken Manne ungeschwächt geblieben (puerascit, sagt Kepler von ihm). Den schwierigen Aufgaben, welche ihm in Böhmen bevorstanden, war er nicht mehr gewachsen. Hatte er es doch überhaupt zu allen Zeiten besser verstanden, seine zahlreichen Schüler für sich arbeiten zu lassen, als dies selbst zu thun. Keplers grosses Talent, seine Arbeitskraft, seine Kenntnisse hatte er bald durchschaut, und wusste, wie nützlich derselbe ihm in Prag werden könne, ja er sah täglich mehr ein, dass er ihm geradezu unentbehrlich sei. Denn die anderen Gehilfen, mit welchen er es sofort in Benatek versucht hatte, mussten dem sprühenden Genius Keplers gegenüber allerdings zu Pygmaeen zusammenschrumpfen.

Kepler scheute zwar nicht die Arbeit im Dienste Tycho's, ja sie war ihm sogar erfreulich. Aber er scheute den Zwang hiezu und die Richtung der Arbeiten, welche ihm durch Brahe werden sollten. Dieser setzte nämlich die grösste Hoffnung darauf, dass Kepler sich der Aufgabe willig unterziehen werde, das Tychonische Weltsystem zu verherrlichen. Kepler war klug genug gewesen, ihm hierüber anfangs einige Artigkeiten zu sagen. Im Grunde betrachtete er Tycho's System als eine Spielerei, denn er hing im Stillen bereits jenem des Kopernikus entschieden an. Der Aussicht auf einen Widerspruch seiner Ueberzeugungen oder einen wissenschaftlichen Conflict, welcher seine materielle Stellung gefährden konnte, ging er daher entgegen, wenn er nach Prag übersiedelte. Zu all diesen geistigen Kämpfen der letzten Zeit gesellte sich noch in Graz ein hartnäckiges Wechselfieber, welches Kepler durch ein Jahr lang quälte. Doch es musste sein. Die Würfel waren gefallen, und daher zog derselbe, nachdem er den Weingarten seiner Frau verpachtet, seinen letzten Gehalt von 150 fl. und am 4. September 1600 noch sein Dienstzeugniss erhoben, wenige Tage später nach Prag.

Dort kam er, nachdem er in Linz sein Gepäck zurückgelassen, mit Weib und der Stieftochter Regina im October an. (Seit 27. April 1597 war er mit Barb. Müller, welche bereits zum zweitenmale Witwe war, verheirathet. Sie brachte ihm eine Stieftochter Regina, war ziemlich vermögend, aber von geringer Bildung, bigott. 1598 gebar sie Kepler einen Sohn, 1599 eine Tochter, welche beide noch in Graz starben, so dass blos die Stieftochter mit nach Prag kam. Kepler war bei seiner Uebersiedlung 29, seine Gattin 27, Regina 10 Jahre alt).

Wieder nahm sich des von Schicksalsschlägen, Sorge um die Zukunft und von einer lästigen Krankheit gebeugten jungen Mannes der edle Baron Hofmann an, und gab ihm mit Familie in seinem Hause eine Freistatt. Kepler musste sich vorerst von den Anstrengungen der Reise erholen, und dies war wohl auch Ursache, dass er sich nicht sofort Tycho persönlich vorstellte, sondern sich (17. October) schriftlich an ihn wendete. Die früheren Pläne, gebaut auf den Fortgenuss des steirischen Stipendiums, erkannte Kepler als gescheitert. Aber da Tycho nun einmal die Angelegenheit Keplers dem Kaiser vorgetragen, so hätte er Beide nur zum Besten gehabt, wenn er nicht gekommen wäre. Vier Wochen lang wollte er den Ausgang seiner Angelegenheit abwarten, sich mittlerweile um andere Aussichten umsehen. Sollte er länger bleiben, so bat er Tycho, ihm entweder die Reise zu entschädigen, oder für ihn anderwärts gut zu stehen, damit er zu Geld komme.

Ob und wann ihm in Prag dauernde Anstellung werde, war anfangs ungewiss. Die Angelegenheit lag im Cabinet des Kaisers, und liess sich nicht fortwährend urgiren. Die Unkosten für die Reise hatten Keplers Casse erschöpft, er fühlte sich krank, elend und hilflos. Dennoch bot er Tycho seine Dienste an, welche diesem jetzt auch um so willkommener sein mussten, als Longomontanus, der bedeutendste Gehilfe Tycho's, Prag verlassen hatte. Er übersiedelte aus Hofmann's Haus zu Tycho, und übernahm vorerst die demselben versprochene literarische Arbeit, die Refutation des Ursus, eine Schrift, welche ihm wohl unter allen von ihm verfassten, am schwersten aus der Feder floss, und deren Publication auch zu seiner eigenen Befriedigung durch die folgenden Ereignisse überflüssig geworden ist, so dass sie erst in den jüngsten Tagen (J. Kepl. Op. omn.) aus der Presse kam. Dabei „speculirte" er, so weit es seine Gesundheit zuliess, auf den Wunsch Tycho's die Venus, Merkur und den Mond, die beiden ersten mit, den letzteren ohne Erfolg. Auch mit dem Mars beschäftigte er sich, und verbesserte einige Tychonische Beobachtungen desselben.

So kam der Winter herbei. Sein Wechselfieber bestand fort. Dazu gesellte sich im Jäner 1601 ein lästiger Husten, er besorgte sogar, dass er tuberkulös sei (non sine suspicione hectices) und schliesslich lag auch die Gattin durch kurze Zeit krank darnieder. Binnen vier Monaten hatte er in Prag 100 Thaler verbraucht, ungerechnet die Kosten der Reise, welche an 150 betrugen. Tycho versprach das Beste für die Zukunft, aber die Entscheidung des Kaisers blieb aus. Brahe half übrigens hie und da mit Geld, manches zur häuslichen Nothdurft gehörige wurde wohl auch „angeschrieben", da die Gattin vermögend war und von Graz durch den Verkauf ihrer Güter Geld erwarten konnte. Immer wieder erneuerte dabei Kepler in seiner Ungeduld die Versuche, ob er nicht in Würtemberg oder Sachsen, Wittenberg, Jena, Leipzig oder anderswo einen Platz finde. Allenthalben erhielt er jedoch wenig aufmunternden Bescheid.

Im April 1601 reiste er in Angelegenheiten der Erbtheilung seiner Gattin nach Graz. Er kehrte erst im August unverrichteter Sache (iter inutile habui) aber doch mit einiger Baarschaft für den Erlös mehrerer Werthsachen und was das Beste war, auch von seinem Fieber gänzlich hergestellt zurück.

Der Brief, welchen Keplers Gattin am 31. Mai an denselben nach Graz schrieb, und welchen Frisch (J. Kepleri op. 8. p. 739) abdruckt, ist ein so interessantes Zeugniss des Familienlebens Keplers zu dieser Zeit, dass er hier vollinhaltlich stehen mag.

Meinem lieben Hausswierdt M. Johannes Kepler zu überantworten. Gräz.

Griess euch gott mein herzlieber Hausswierd. Und eriner euch das ich von heren Maissl eur schreiben empfangen hab vor achtagen, und euer gesuntheit darinen vernumen welches mich freit das jer des fiebers los seit und sage gott dem allmechtigen lob und dankh das er euch gesunt hat gemacht. Heut den 31. mai bin ich und die rögel (Regina, ihre Tochter) auf die khlaine seiten gaugen im Lhaufen ist mier der her friterich Dirclach begegtn, und hat mier gesagt jer het mier gelt geschicht es sey noch zu wien es wer balt hernach khumen, ich het gern mer mit jm geröth er ist gar geschwint darvon gangen, er hat mier auch gesagt das jer gar frisch und woll auf seit welches ich gern gehört hab. Der hans Miller (einer von Tychos Gehilfen) ist den 29. mai mit seiner frau darvon und haim, der diho˙ Prei (Tycho Brahe) hat jm abgeförtigt und hat jm göben wass er jm hat zuegesagt, aber vom khaiser ist jhm khain heler nicht worten. Der Diho hat jm sein hantl verdörbt beim khaiser er het sonst woll ein guette Verehrung bekhumen so hat ehr des Diho müesen entgelten. Der franz (Tengnagel) und der Diho sint witer einss sie rihten jezt zu. der hochzeit zue, der franz hat mier noh khein gelt göben, der diho hat ein khramer gefunden, der jm hat warn sorgt, er hat jezt 3 schneiter die auf die hochzeit arbeiten achtage nach Pfinsten wierdt die hohzeit (Tychos Tochter Elisabeth und Franz Tengnagel) gar gewiss. Die Junkfrawen plagn mih ih soll inen helfen naen auf die hohzeit sie göben mier nuer zu naen das sie niht

mögen. Die hanss Millerin hats fein angeweist auf mih
sie laufen jmer herauf zu mier ih gib jnen imer zu verstehen das ih jne nit gern naeh. Der Diho hat ein Mate-
matiguss aufgenumen von anuspach es ist ein lötiger
gesöll, er hat auch ein Disputirer aufgenumen, der Diho
hat noh khain beschait vom kaiser. Der rinkscheit ist
am sontag mit seiner frau und dochter bei dem diho brei
zu gast gewösen er hat mier etwass bevohlen, das ich
euch soll von seint wögen anzaigen wen jer haim khumbt,
er ist schon hir weckh, er zeucht an den Marckh hinein.
der amprosius der stutent fragt mih staez ob jer mier
nihts geschrieben habt ob jer jm jm steiermarch khient
jnn diensten unterhelfen. ih wais niht ob ih soll holz
khaufen oder niht ich wais niht wass ih dain soll mier
geschiht so hart das ih niht waiss woran ih bin ih khaufet
gern ein Pöt (Bett) ih hab schon etliche gefailt es sint
für war schlehte Pöt zu 12 und 15, 16 auch 18 gulten
miht nuer ein Polster darzue schreibt mier doch wass ih
dain soll es geht alss gar vill gelt auf, wover jer inn die
stat khumbt so seht zu unsern Pöten und zu alem hauss-
rath, seht wie vill Pöt sind und wass mier jnn der Dail-
lung zuckhumbt schreibts ales auf, schreibt mier wan jer
witter herauss welt raisen seht euch wol fier das jer niht
jn Unglickh khumbt ih bit euch gar dreulich ih bin ale-
weil inn engsten deswögen bit euch gar freundlich schreibt
wie es drinen steht und bit euch auch last euch unsser
sachen ale dreulich bevolchen sein jer seht das ales gar
deuer ist zu kaufen seht das ales jnn guete verwarung
khumbt seht auch gen weingart hinauf wie es steht griesst
dem wein zörl und sein weib und dass sie fleissig und
dreu sint griesst die frau muetter und die ganze freundt-
schaft auch jeterman und griest die haussleit sover jer
drein khumbt jnss hauss, hietet euch damit jer mier niht
in Unglickh kumbt bit euch gar schön. ih bin mit der
rögel inns Khaisergarten gewösen bin beim lusthauss auh
gewösen wo di istrament (Brahe's Instrumente) sint ge-
stanten wier sint die garten ale ausgangen, es ist fierwar
ein schener garten der khaiser geth ale Dag umb 3 ur

drein der gertner hats uns gesagt. mier sint zun leben (Löwen) gangen haben sie auch geschaut wier haben 3 leben gesehen sie haben gar haeslich prillt, das hauss hat ales zitert wan sie prillt haben, wier haben sonst auch seltzame Diere gesehen. ich hab die hans millerin pöten, das sie ist mit mier hinauf gangen ins Khaiser garten. Uns ale inn dem Schutz des Almechtigen bevelche ich bit auch schön khauft mier ein schwarz chaeter girtel ich hab khain girtel umzubinten khauft mier ein sauberen mein girtel ist auf khleine stricheln zubrechen jezt sint mier die graezerischen girtel selzumb und sint von mir und der rögel freuntlich gegriest gott bevolchen schreibt mir wiess mit der zeillerin stoht. Datum den 31. mai jm 1601 Jaer.

Barbara Keplerin.

Diesem Briefe, wo darauf hingedeutet wird, dass Tengnagel ihr noch kein Geld gegeben habe, muss eine noch eindringlichere Beschwerde der Gattin Kepler's vorhergegangen sein, denn dieser schrieb bereits am 30. Mai in sehr gereizter Stimmung an Tycho, und beschwerte sich darüber, dass seine Gattin die 20 Thaler, welche er versprochen hatte, ihr während dessen Abwesenheit zu geben, noch immer nicht erhalten habe.

Man sieht, dass die häuslichen Angelegenheiten mehrfache Veranlassung zu Unfrieden waren, wobei Kepler's Gattin keine geringe Rolle spielte. Barbara Kepler hatte die steyrische Heimath und ihre zahlreichen Freunde und Verwandten nur sehr ungern verlassen, in die Einschränkung, zu welcher Kepler anfangs in Prag genöthigt war, vermochte sich die an ein gewisses Wohlleben in Graz gewohnte Grundbesitzerin nicht leicht zu fügen. Auch musste das enge Beisammenleben mit der Familie Tycho's (Kepler bewohnte, wie aus obigem Briefe hervorgeht, wahrscheinlich eine Mansarde oder das obere Stockwerk desselben Hauses) manchen freilich vorübergehenden Klatsch und Unfrieden, welcher sich von den Frauen auf die Männer übertrug, erzeugen. Tycho betrachtete und behandelte den Kepler in jenen Tagen, wo dieser lediglich auf ihn angewiesen war, thatsächlich als seinen Gehilfen, und machte mit dessen Gattin, besonders als er nach Graz abgereist war, wenig Umstände. Den dänischen Baron quälten ganz andere Dinge. Er musste seinen Pflichten gegenüber dem Kaiser genügen, hatte damit zu thun, seine eigene Stellung bei Hofe zu befestigen und zudem hatte er in seinem bunten Hauswesen sich möglichst zurechtzufinden. Die Ausstattung und Verheirathung seiner Tochter Elisabeth mit Franz Tengnagel (Juni 1601) machte ihm in diesen Tagen grosse Sorge. Es lässt sich leicht errathen, warum zwischen ihm und Tengnagel im Mai eine Verstimmung eintrat, welcher doch sofort die Versöhnung folgte („der Franz oder der Diho sint witer einss" schreibt oben Keplers Frau), worauf die Vorbereitungen zur Hochzeit beschleunigt wurden, und diese Mitte Juni stattfand. Tengnagel reiste hierauf mit seiner jungen Frau in Begleitung Eriksens nach Westphalen ab, und Elisabeth kam bereits am 28. September in die Wochen (epist. 106)!

Die Sorge für die übrigen bereits erwachsenen Kinder, die Höflichkeiten gegenüber den vielen fremden Gelehrten, Freunden aus früherer Zeit, welche den berühmten Astronomen in Prag aufsuchten, die Protection, welche Stellenjäger bei ihm ansprachen — all dies waren Aufgaben, welche den kranken Mann überwältigten, so dass er auch schliesslich darüber zusammenbrach, und frühzeitig ins Grab stieg.

Brahe's Benehmen gegen Kepler war aber dabei niemals incorrect, und er hat alle Zusagen, welche er demselben anfangs machte, so weit es in seinen Kräften stand, bis zum Tode stets erfüllt. So liess er denn auch auf obiges stürmische Schreiben Kepler's am 13. Juni mitten in den Vorbereitungen zur Hochzeit seiner Tochter durch Johann Eriksen demselben antworten, dass er, obgleich selbst nicht besonders bei Casse, doch unaufgefordert durch seine Tochter bald nach Kepler's Abreise dessen Gattin 10 Thaler gesendet habe. Als sie nach 14 Tagen durch Eriksen abermals 10 Thaler forderte, habe ihr

Tycho 6 geschickt, und versprochen, bald wieder etwas zu senden. All dies geschah ohne Murren (neque quicquam obmurmurasse). Auch benehme sich sowohl Tycho als die Frauen seines Hauses (gynaeceum) stets freundlich gegen die Keplerin und ihre Tochter, und leisten ihnen gerne jeden Liebesdienst. Nicht mit Unrecht war daher Brahe über die Vorwürfe, welche ihm Kepler, durch die Gattin aufgehetzt, in seiner Leidenschaftlichkeit entgegenschleuderte, indignirt, und liess ihn durch Eriksen ermahnen, er solle gegen ihn, der um sein Glück so sehr besorgt sei, es mit ihm und den Seinen von ganzem Herzen wohlmeine, und schon viel Geduld mit ihm hatte, sich in Zukunft klüger und gemässigter benehmen.

Dies wirkte, und als Kepler (der gutmüthig und dankbar, aber in hohem Grade empfindlich und namentlich in Geldangelegenheiten stets kleinlich und nergelnd war, wie er denn gerade darüber gegen Jedermann sein Herz ausschüttete, so dass Viele noch heute glauben, derselbe habe sein Leben lang gedarbt) von Graz im August 1601 zurückkam, trübte kein Schatten mehr das Verhältniss zwischen ihm und Brahe. Dieser führte nun den Kepler selbst zum Kaiser (Gassendus vita Tych. V. 177), der sich seiner gänzlichen Herstellung freute, ihm die Stelle eines kaiserlichen Mathematicus zusagte und ihn zugleich als Mitarbeiter Brahe's berief. Kepler beendete nunmehr die Streitschrift gegen den Ursus und wendete sich auch wieder den astronomischen Beobachtungen zu. Aber die Tage Brahe's waren bereits gezählt, seine Krankheit nahm einen acuten Charakter an, und er starb in den Armen Erich Brahe's. und in Gegenwart Kepler's am 24. October. Sterbend beschwor er noch Letzteren, seine Theorie des Weltsystems nicht fallen zu lassen. (Tycho Braheus in ulnis D. Erici Brahe aspectante me exspiravit. Moriens a me, quem in Copernici sententia esse sciebat, petiit, uti in sua hypothesi omnia demonstrarem.)

IV.

Kepler nach Brahe's Tode.

Kepler bewahrte dem Brahe, welcher ihn nach Prag gerufen, und in dessen Stellung er nun eintrat, stets die aufrichtigste Dankbarkeit. Er flocht in seinen Schriften immer neu den Lorbeerkranz auf dessen Haupt, und sprach nur mit der grössten Hochachtung von seinen Forschungen und Theorien, obgleich er selbst einen ganz anderen wissenschaftlichen Weg einschlug. Vorerst übernahm er die Aufgabe, im Sinne Brahe's am Hofe Rudolfs weiter zu wirken; aber es überging auf ihn nicht sofort der Glanz der Stellung und der Autorität, mit welcher der berühmte Däne aufzutreten berechtigt war. Kepler's geistige Grösse sollte sich erst in dem bewegten Hofleben entfalten, und dazu besass er eben das Talent, die Kenntnisse, den Fleiss, die geistige Regsamkeit, die zähe Beharrlichkeit, wie kein Anderer. Das spiessbürgerliche Wesen, welches er von Graz mitgebracht hatte, verlor er in Prag nach Tycho's Tode, wo er an den Hof und dem Kaiser persönlich näher kam, bald. Er stürzte sich jetzt in die Wogen der grossen Welt, obgleich sie seinen Neigungen wenig zusagte, doch mit dem Geschick und Muth des geübten Schwimmers, und sein liebenswürdiges, gutmüthiges Wesen, seine Fügsamkeit, gepaart mit offenem Sinn und reinem Charakter, erwarben ihm bei allen Parteien-Freunde und Gönner. Er hat während der 12 Jahre, welche er in unmittelbarer Nähe der Kaisers zubrachte, nur wenig Feinde und Neider gehabt, und das will viel sagen.

Der Kaiser selbst blieb ihm stets gewogen, zog ihn in den heikelsten und schwierigsten Lagen immer zu Rathe und Kepler verstand es immer, mit bewunderungswürdigem Takt dem Monarchen zu dienen. Der edle Habsburger Fürst und sein evangelischer Astronom vertrugen sich jahrelang auf das Beste. Leider ist uns der Inhalt all dessen nicht aufbewahrt, was sie mit einander beim Dämmerschein der Sterne in dieser Zeit, wo den Kaiser Schlag auf Schlag alles Unglück traf, verhandelt haben mögen. Kepler war in der ganzen Zeit an den Kaiser nicht nur durch seine Dienstespflicht gefesselt, sondern er brachte demselben die aufrichtigste Verehrung und kindliche Dankbarkeit entgegen. Es kann nichts Rührenderes geben, als die aus dem Herzen kommenden Wünsche Kepler's an den Kaiser Rudolf, welche in allen Dedicationen seiner Schriften wiederkehren. Doch bildete sich das persönliche Verhältniss Kepler's zum Kaiser nur nach und nach aus, namentlich war es erst eine Folge der Publication der Paralipomena, welche in der gelehrten Welt Sensation erregten, deren Wirkung sich dann auch dem Kaiser mittheilte. Anfangs war gewöhnlich Barvitius der Vermittler der schriftlichen Antworten Kepler's auf die vom Kaiser an ihn gestellten Fragen, z. B. über die Nativität Julius Caesars, über die politische Zukunft Ungarns, über Kaiser Rudolfs Nativität selbst u. a., später geschah Alles mündlich, scheint übrigens Rudolf durch Kepler's Zweifel an der unbedingten Autorität der Astrologie selbst irre geworden zu sein, mehr nur den Glauben an ihre meteorologische Bedeutung festgehalten und wissenschaftliche Gegenstände allgemeineren Charakters in den Bereich seiner Besprechungen gezogen zu haben. Dem Kaiser wurde Kepler später ganz unentbehrlich, und er wollte ihn daher selbst nach den Ereignissen von 1611 nicht von sich lassen, so dass er bis zu Rudolfs Tode in dessen Nähe bleiben musste.

Zwei Tage nach Tycho Brahe's Tode zeigte Hofrath Barvitius (26. October 1601) Kepler an, dass er als kaiserlicher Mathematiker angestellt werde, doch müsse er um die Stelle schriftlich einschreiten. Dies geschah. Die schönste und froheste Zeit in Kepler's Leben kam heran. Sein häusliches Glück war ungetrübt (epist. 100. A septembri in Julium 1602 dedi operam liberis et fabricavi pulcherrimam filiolam — Susanna, geboren in Prag am 2. Juli 1602), seine äussere Stellung hatte sich glänzend gebessert, und wenn auch der Gehalt nicht sofort regelmässig einfloss, so gab es doch nunmehr, wo sich so Viele an Kepler drängten, um sich von ihm das Horoskop und die Nativität stellen zu lassen, Einnahmen von dieser Seite her, auch waren die Honorare für literarische Arbeiten nicht unbedeutend, und es war daher mit der Noth in seinem Hause nicht so arg, als hie und da geschildert wird. Kepler verstand es ganz wohl, Alles, was ihm gebührte, einzufordern, und liess es dabei an zäher Beharrlichkeit nicht fehlen. (Beispielsweise sendete (epist. 107. 108) Ambros. Rhodius, ein früherer Gehilfe Tycho's am 4. December 1601 eine Geldschuld, welche Kepler dringend von ihm gefordert hatte u. s. w., ein Zeichen, dass er selbst in der Zeit vor dem Tode Tycho's, wo sein düsterer Sinn und seine Sorglichkeit am meisten nach allen Seiten über Geldnoth Klage führte, doch noch welches zum Verborgen übrig hatte.)

Es war die Absicht des Kaisers, dem Kepler die Aufsicht über die Tychonischen Instrumente und die Vollendung von dessen Arbeiten zu übergeben. Er sollte die Summe selbst nennen, welche er hiefür fordere, überliess aber die Bestimmung seines Gehaltes dem Kaiser, welcher später 500 fl. feststellte. Was die Vollendung der Rudolfinischen Tafeln betrifft, so verlangte er 1500 fl. jährlich, d. i. die Hälfte jener Summe, welche hiefür Tycho Brahe zugesagt worden war. Seine erste Gehaltsrate erhielt er erst am 9. März 1602. Es wurde ihm auch eine Naturalwohnung vom Kaiser in Emaus angewiesen (Epist. 100. 122), allerdings sehr entfernt von der Kaiserburg, wohin er täglich eine Stunde weit zu wandern hatte.

Sofort nach Brahe's Tode nahm er seine Beobachtungen des Mars an der kaiserlichen Sternwarte wieder auf, und glaubte auch eine Pflicht der Pietät zu erfüllen, indem er den schriftlichen Nachlass Tycho's revidirte, namentlich dessen Progymnasmata, deren zweite Auflage derselbe zu publiciren beabsichtigt hatte, mit Noten versehen zum Druck vorbereitete. (Sie wurden 1602 von Tengnagel publicirt.) Noch andere Arbeiten nahm Kepler, dessen Geist in dem neuen schönen Wirkungskreise plötzlich eine ungeheuere Spannkraft erhalten hatte, gleichzeitig in Angriff, so die optischen Studien, die Theorie des Mars und eine

Abhandlung über die Fundamente der Astrologie, welche 1602 erschien, und worin er bereits mit Entschiedenheit den Kampf gegen die gangbaren Lehren der Astrologie aufnahm. (Epist. 119. 124.)

Eine unliebsame und hemmende Affaire war für ihn der Streit mit den Tychonischen Erben. Im Hochsommer 1602 kam nämlich Tengnagel nach Prag, weckte Misshelligkeiten zwischen Kepler und den übrigen Erben, die Brahe'schen Instrumente und Schriften kamen unter Sperre und wurden der Benützung Kepler's entzogen, ja dessen Stellung selbst erschien bedroht. Denn er, welcher erst im März als kaiserlicher Mathematiker definitiv angestellt war, der täglich auf der kaiserlichen Sternwarte beobachtete, und nach Brahe's Tode bereits eine Schrift astrologischen Inhaltes publicirt hatte, erhielt im September den amtlichen Befehl, anzugeben, was er wohl für den ihm bewilligten Gehalt zu leisten beabsichtige? Doch der Gunst des Kaisers versichert, und im Bewusstsein seiner Kraft wurde er hiedurch keineswegs entmuthigt, sondern erwiederte ruhig, dass er zwei Werke zu schreiben beabsichtige, eines über die Bewegungen des Mars, das andere optischen Inhaltes. So zeitigte das Bestreben Tengnagels, die Stellung Kepler's am kaiserlichen Hofe zu untergraben, zwei Werke, welche die Unsterblichkeit ihres Autors begründeten.

Tengnagel betrachtete sich als Erbe der Aufgaben Tycho's und hatte die Absicht, aber weder die Befähigung noch die Beharrlichkeit und den Fleiss, welche zur Vollendung des Werkes nöthig waren.

Er verpflichtete sich dem Kaiser gegenüber, innerhalb vier Jahren die Rudolfinischen Tafeln zu vollenden und zu publiciren (Epist. 231, also bis 1606). Doch kam er in der Arbeit nicht vorwärts, und als er sich 1610 in die politischen Wirren mischte, blieb die Arbeit gänzlich liegen. Kepler gab die Hoffnung, diese Arbeit in die Hände zu bekommen, niemals auf. Zunächst kam ein Vertrag zwischen ihm und den Erben zu Stande, wonach er ohne Zustimmung dieser nichts von den Tychonischen Beobachtungen veröffentlichen durfte. Er übergab den

Erben sowohl die Tychonischen Instrumente, als die Progymnasmata und die Tychonischen Beobachtungen, und
behielt sich die Aufgabe, über Optik und die Bewegungen
des Mars zu schreiben. Letztere war ihm schon bei Tycho's
Lebzeiten zugefallen. Wenn sich auch äusserlich das Einver-
ständniss Keplers und Tengnagels wieder später herstellte,
so blieb dieser ihm doch immer neidisch. Als 1608 die
Tafeln noch nicht erschienen waren, war Kepler des
Vertrages mit den Erben ledig, und konnte nun ungescheut
an die Publication des Buches über den Mars gehen.
Tengnagel's Ehrgeiz aber trieb ihn bald in die politische
Laufbahn, und er spielte in der Geschichte Böhmens
später eine zweifelhafte und unglückliche Rolle, während
Kepler's Ruhm auf wissenschaftlichem Gebiete sich immer
weiter verbreitete.

Eine Entschädigung für die Intriguen und Hemmnisse
Tengnagel's fand Kepler darin, dass ihm im Juli 1602 seine
Frau eine Tochter gebar (Susanna, die später den Med.
Dr. Bartsch heirathete). Auch konnte er sich vielfach
der lebhaftesten Theilnahme seiner zahlreichen Freunde
erfreuen, welche ihm zu der neugewonnenen bedeutenden
Stellung Glück wünschten. Die Sperre der Tychonischen
Instrumente hinderte ihn nicht, in seinen Beobachtungen
mit Eriksen, Justus Byrgius u. A. fortzufahren; denn
Baron Hofmann stellte ihm Anfangs 1602 kurz vor dem
Auftreten des neuen Sterns im Sternbilde des Schwans
einen Quadranten und Sextanten, welche er nach dem
Muster der Tychonischen Instrumente hatte bauen lassen, zur
Disposition, mit denen er auch Ende 1603 die Conjunction
der Planeten beobachtete, welche damals so viel von sich
reden machte.

Um diese Zeit reifte die Vollendung der Paralipomena
ad Vitellionem heran, in welchen der Genius Kepler's
bereits einen kühnen und entscheidenden Flug nahm.

Porta hatte zuerst durch die Construction der
Camera obscura den Nachweis eines ähnlichen Vorganges
im Auge des Menschen geliefert, doch konnte auch er von
der Ansicht, dass die Krystalllinse das lichtpercipirende

Organ des Auges, die Wand der dunklen Kammer sei, sich nicht lossagen. Sein Verdienst war lediglich der Nachweis der Immission des Lichtes ins Auge im Gegensatz der Emissionstheorie der Alten. Die Perception der Linse deutete er noch auf die alte naive Weise: das Licht sollte beim Durchgange durch die zähe Linse gleichsam an ihr kleben oder hängen bleiben. Plater ging schon weiter: er sah bereits die Netzhaut als lichtpercipirend an, und lehrte den Durchgang der Strahlen durch die Linse und den Glaskörper bis dahin; aber die Darstellung eines reellen umgekehrten Bildes der äussern Objecte auf der Netzhaut durch Wirkung der Linse war ihm nicht klar geworden. Er betrachtete die Wirkung dieses Organs blos als die einer Loupe, durch welche die Netzhaut äussere Objecte anschaut. Diesen Ansichten trat nun Kepler entschieden entgegen, und führte in die Lehre vom Sehen jene physikalischen Gesetze ein, die sich aus dem Baue des Auges mit Nothwendigkeit ergeben, und an denen die neuere Zeit, mit Ausnahme präciserer Formulirung nichts Wesentliches geändert hat.

Der Erfolg der Optik Kepler's, welche 1604 erschien, war ein nachhaltiger, wenn er auch sich nicht gleich im Anfange so entschieden kund gab, als bei dessen erstem, in Graz geschriebenem Werke. Der Gegenstand an sich war viel zu abstract, viel zu streng wissenschaftlich gehalten, um irgend ein grösseres Publicum zu interessiren. Die Mehrzahl der Astronomen, für welche der Gegenstand zunächst geschrieben war, sowie der Aerzte nahm lange wenig Notiz davon. In den nach Kepler's Optik erschienenen Werken von Aquapendente, Bauhini, Cassini geschah der Entdeckungen Kepler's keine Erwähnung. Papius in Königsberg (Prof. med.) entschloss sich daher 1607, in einer Rede über das Sehen die ärztliche Welt darauf aufmerksam zu machen (epist. 44).

Das Ansehen Kepler's, sein wissenschaftliches Gewicht stieg aber damit sowohl in Prag als anderwärts umsomehr, als der Gegenstand so vielen fern lag, und durch seine Dunkelheit imponirte. Kepler bedachte sowohl seine Gönner als wissenschaftlichen Freunde und Genossen mit Exemplaren seiner Schrift.

In der prager Universitätsbibliothek befindet sich noch gegenwärtig jenes Exemplar der Paralipomena, welches Kepler im J. 1605 dem Collegium Carolinum geschenkt hat. .Es enthält auf dem ersten Blatte die autografe Dedication Kepler's: Reverendo D. Praeposito Spectabili D. Decano Caeterisq. Professoribus almae Pragensis Academiae viris clarissimis D. D. Amicis meis honorandis· Hunc librum, Paschale munusculum officiose offero Eiq. angulum aliquem obscurum in Bibliotheca Collegii Carolini supplex peto, ejusdem author M. Joannes Keplerus S. C. M^{tis} Mathematicus IV 'Id· Aprilis anno ab incarnato Verbo MDCV. Möchte dieses Ostergeschenk als Andenken an die freundlichen Beziehungen, in welchen Kepler während seines Aufenthaltes in Prag zu der Universität stand, von dieser stets als eine werthvolle Reliquie bewahrt werden!

. Kaum hatte Kepler die Paralipomena veröffentlicht, und seine Wohnung in Emaus auf Anrathen und durch Vermittlung seines Freundes Bachaček, welcher Probst des Wenzelscollegium und Universitätsrector war, mit einer weniger entlegenen auf der Altstadt im Wenzelscollegium selbst („in des Königs Wenzeslai Collegio bei der Metzg“ — Obstmarkt —) vertauscht, als er im Mai 1604 erkrankte und kaum erholt bei einem Gange auf die Kleinseite am 11: Juni recidiv wurde, so dass er durch sechs Wochen bettlägerig war.

Auch die Gattin erkrankte vorübergehend, und am 3. December gebar sie einen Sohn Friedrich. Dieser wurde am 7. December in der Aula des Wenzelscollegiums (ibi enim erat inquilinus D. Reschalii rectoris, a concionatore sub utraque) getauft.

Liest man die reiche Correspondenz Kepler's aus dieser Zeit, bedenkt man, dass er bei Hofe vielfach beschäftigt war, mit Bekannten einen ununterbrochenen lebhaften Verkehr unterhielt, im Hause sich sein Kindersegen vermehrte, und die Sorge hiefür, so wie jene für das steirische Gut und Vermögen seiner Frau ihn vielfach in Anspruch nahm, bedenkt man jene bewegten Tage in Prag, wo der Türkenkrieg Alles in Furcht erhielt, Gesandtschaften kamen und gingen, turbulente Strassenscenen gewöhnlich waren, wie denn im Herbst 1605 durch den Einfluss des allmächtigen kaiserlichen Kammerdieners Lang die Hinrichtung des Generals Russwurm erfolgte (in Praga non est schola sed perpetua anxietas et inquietudo, schreibt Kepler ep. 182) bedenkt man dies Alles, so begreift man kaum, wie er noch Zeit für seine ernsten, tiefsinnigen literarischen Arbeiten finden konnte. Und doch schrieb er schon im Herbst 1604 wieder seine Silvae chronologicae, 1605 die Abhandlung über den neuen Stern und reiften seine Commentaria de motibus Martis heran. Dabei half er Bachaček bei astronomischen Beobachtungen und corrigirte dessen kalendarische Arbeiten.

. Freilich befand sich Kepler damals in den besten Mannesjahren, erfreute sich der Anerkennung der gelehrten Welt, häuslichen Glückes, einer schönen Stellung bei Hofe, der persönlichen Gunst des Kaisers. All dies musste auf seine Thätigkeit anregend wirken, und er hätte überhaupt zufrieden sein können, wäre er nicht bereits von jenem leidigen österreichischen Pessimismus angekränkelt gewesen, der immer klagt, und niemals zur Einsicht und zum Genusse des vielen Guten, welches das bunte Leben in dem ruhelosen Staate, den wir bewohnen, trotz alledem mit sich bringt, kommen kann.

Im Jahre 1606 zog Kepler, von einer Reise nach Graz zurückgekehrt, da der Kaiser wegen der in Prag herrschenden Epidemie im October nach Brandeis übersiedelte, auf dessen Befehl gleichfalls auf einige Zeit sammt der ganzen Familie dahin, hielt sich übrigens auch durch einige Tage in Kolin auf. Dabei erschien seine Arbeit über den neuen Stern.

Die Ansicht ist ziemlich allgemein verbreitet, auch Kepler sei nicht frei von astrologischem Aberglauben gewesen, und doch ist derselbe stets mit aller Entschiedenheit gegen die Astrologie zu Felde gezogen. Tycho, welcher die Irrthümer dieser Lehre bereits seit Jahren

38

erkannte, hatte sich stets und namentlich in Prag aus
Klugheit in den Nimbus des Schweigens gehüllt, wenn
dieser Gegenstand berührt wurde. Kepler vermochte dies
nicht. Von allen Seiten wurde er mit Fragen über astrologische Gegenstände bestürmt. Hatte er sich nun auch
bereits ein entschieden abfälliges Urtheil über diese so-
genannte Wissenschaft gebildet, so fand er es doch im
Anfange gleichfalls nicht gerathen, damit hervorzukom-
men. Da trat ein Ereigniss ein, welches die gesammte
wissenschaftliche und politische Welt in die grösste Bewegung setzte, die Conjunction der oberen Planeten und
das Auftreten eines neuen Sternes darin. Sie war viele
Jahre vorhergesagt und mit ihr eine grosse Revolution
der Staaten. Aller Augen waren daher auf diese Erscheinung gerichtet; denn während ähnliche Vorkommnisse am
Sternenhimmel heutzutage ganz unbeachtet vorübergehen,
hatten sie damals eine weltbewegende Bedeutung.

War schon die Conjunction an sich wegen ihrer
Seltenheit als ein Ereigniss angesehen, so musste gar das
gleichzeitige Erscheinen eines neuen Sternes die Gemüther
der Forscher und der grossen Menge aufs Aeusserste er-
regen. Nun ging es selbstverständlich an die Astronomen.
Das Laienpublicum begnügte sich nicht damit, die Erscheinung lediglich anzustaunen. Hier in Prag namentlich, wo die Wogen politischer Parteiung ohnedies hoch
gingen, galt es, die Zukunft zu erfassen und zu sagen,
welchen Einfluss dies Ereigniss auf die politische Lage
Europas haben werde. Kepler, der kaiserliche Mathematiker, die gewiegteste Autorität am Rudolfinischen Hofe,
musste sich aussprechen. Er that es nur ungern und
zögernd. Er setzte, wie er selbst sagt, gleich einem Rinde,
nur durch Schimpf und Schläge getrieben den Fuss in
diese Pfütze. Als er aber nicht mehr ausweichen konnte,
nahm er keinen Anstand, seine Ansicht rückhaltlos aus-
zusprechen. Der Kaiser selbst nahm die Dedication der
kühnen Schrift, welche sich an die Oeffentlichkeit wagte,
an, und schützte so den Autor mit seiner kaiserlichen
Macht.

Diesen Schutz hatte er allerdings nöthig, denn mit Keulenschlägen trat Kepler den Astrologen entgegen, und stützte sich dabei mit aller Entschiedenheit auf das Kopernikanische System, Beides Standpunkte, welche namentlich der grossen Gelehrtengilde sehr ungelegen kamen, und auch nach kirchlicher Seite hin verletzen konnten. 600 astrologische Schriften waren binnen vier Jahren über den feurigen Triangel bereits erschienen, alle gläubig und voll prophetischen Sinnes. Da trat Kepler her und sagte kurzweg, dass die Astrologie die theure Zeit nicht werth sei, welche man auf sie verwende, und bedauerte aufs Tiefste, sich hier mit ihr befassen und sogar in das Detail der Fragen eingehen zu müssen. Es sei dies eben eine Krankheit, welche nicht blos Einzelne, sondern eine geistige Epidemie, welche den grössten Theil des Menschengeschlechtes ergriffen hat.

Mit den Waffen des Witzes und der Gelehrsamkeit bekämpft er den Schwindel der Astrologen, welche sich in den Mantel exacter astronomischer Wissenschaft hüllten, um der unwissenden Menge ihre Lügen verkaufen zu können. Er kritisirt die Bedeutung der Zeichen des Thierkreises, der Triangel, und weist schlagend nach, dass sie ebenso wenig etwas Significatorisches haben, als die Qualitäten der Gestirne, ihre Wärme, Feuchtigkeit u. s. w. ganz willkührlich gewählt seien. Zwar läugnet er nicht, dass wie z. B. die Sonne Wärme und Licht gebe, auch ganz allgemeine Wirkungen der Sternenwelt auf die Erde zugegeben werden müssen, und die lebhafte Phantasie treibt ihn daher, wie schon in seinem Systema cosmographicum, in das Gebiet der Theorien über die Weltkräfte, über Meteorologie, über die Anziehungskraft der Erde u. s. w., doch gesteht er zu, dass all dies eben Theorien seien. Ganz besonders gewältig werden seine Argumente mit Hinblick auf das Kopernikanische System, welches er nicht genug preisen und rühmen kann. Durch Kopernikus erhielt die Erde erst das Bürgerrecht des Himmels. Nur durch die Bewegung der Erde im Weltraum erklärt sich, dann aber ganz einfach und geometrisch, das Vorkommen der Conjunctionen. Verändert die Erde ihre Stellung, so gibt es eben keine bestimmte Conjunction mehr. Wie will man dann dieser Kräfte zuerkennen, wie will man daraus Vorhersagen der irdischen Begebenheiten ableiten? Die Welt war allerdings durch die Erscheinung des neuen Sternes im höchsten Grade erregt. Aber was hat diese Aufregung zunächst zu Stande gebracht? Viele astrologische Schriften, buchhändlerische Geschäfte! Die Neugierde der Menschen wurde geweckt. Auf dem Gebiete der Religion hat jede Secte etwas für sich von demselben gefordert, auf dem Gebiete der Politik hiess es: ein neuer Stern, ein neuer König (nova stella, novus rex) und doch ist alles dies nicht eingetroffen. — O vanitatem infinitam astrologorum, qui nunquam sapere incipiunt, nunquam cessant his futilissimis denominationum ludicrarum fundamentis prognostica sua superstruere! —

Kaum war das Buch de stella erschienen, als Kepler 1607 schon wieder an die Vollendung seines grossen Werkes über den Mars ging. Dabei gab es abermals Taufe im Hause, indem sein Sohn Ludwig am 21. December geboren wurde. Derselbe ward in der Wohnung, welche Kepler kurz vorher bezogen hatte (im Kramerischen Hause in der Nähe des Jesuitencollegiums bei der Brücke, an der Stelle des heutigen Clementinums) getauft. Kepler sah sich ferner um einen Schwiegersohn für seine Stieftochter Regina Lorentz um, welche das 17. Lebensjahr erreicht hatte, und viel von Freiern umworben wurde, die Keplern nicht zu Gesichte standen. Er hätte am liebsten für dieselbe einen Arzt gewählt, welchen er in Prag bald in die Praxis einzuführen hoffen konnte. (Regina heirathete 1608 den Philipp Ehem und starb 1618 in Pfaffenhofen.)

Kepler selbst nahm in dieser Zeit, wo sich die Wolken am politischen Horizonte bereits zusammenzogen, wieder den Gedanken auf, Medicin zu studiren, denn es schien ihm nicht räthlich, bei der Astronomie zu bleiben, da Kaiser Rudolfs Lage bedenklicher wurde, und die

Wünsche nach einer Absetzung desselben immer lauter wurden (nam in astronomia intutum est consenescere, nec enim de perpetuo Maecenate certus sum). Rudolf wurde 1608 immer mehr bedrängt, der Bruderkrieg spielte bis nach Böhmen hinein. Kepler sah in Sorge die Ereignisse herankommen. Sein Schicksal war an jenes des Kaisers innig gekettet. Mitten in diesen Wirren, wo noch dazu seine Gattin an einer Mastitis lange krankte, publicirte er eine populäre Schrift in deutscher Sprache (jocose sed vere) über den im Jahre 1607 erschienenen Kometen.

Das Jahr 1609 war noch bewegter als das vorhergegangene, ganz besonders bedrohlich für Kepler's Stellung in Prag, so wie jene seines hohen Mäcens. Nichts destoweniger wusste er bei dem lebhaften Streite der Parteien den wissenschaftlichen Aufgaben, welche er sich gestellt hatte, zu genügen. Mitten unter den Stürmen, welche dem Majestätsbriefe Rudolfs vorhergingen, erschien sein berühmtestes Werk, die Astronomia nova s. physica coelestis, die Frucht achtjährigen Fleisses, deren Herausgabe nur durch die Schwierigkeiten, welche gegenüber den Tychonischen Erben obwalteten, verzögert worden war. Endlich gab auch Tengnagel nach und schrieb selbst eine kurze Vorrede zu dem Keplerischen Werke. Er entschuldigt sich, namentlich durch Geschäfte der Politik verhindert zu sein, mehr zu schreiben. Er wolle daher dem Leser blos kurz bedeuten, dass, wenn Kepler in dem vorliegenden Werke in einigen Dingen dem Brahe widerspreche, dies eben eine den Philosophen stets gestattete Freiheit sei, und diese Differenz der Vollendung der Rudolfinischen Tafeln durchaus nicht hemmend entgegentreten werde. Man könne übrigens aus dem Werke Kepler's entnehmen, dass es auf dem Fundamente, welches Brahe gelegt, aufgebaut sei, dass alles Material (die Beobachtungen nämlich) durch Brahe herbeigeschafft sei. Interim — so fährt er weiter fort — hoc insigni Kepleri Opere inter hos rebellionum et bellorum subinde repullantium tumultus, dum res literaria Reip. compatitur, tanquam Tabularum et post illas Observationum tardius hoc nomine in lucem prodeuntium Prodromo fruere; et alacriores in posterum Operis tantopere desiderati progressus, et tempora feliciora a Deo Opt. Max. nobiscum precare. Das Lob ist hier Kepler nur sehr karg · zugemessen, und wäre wahrscheinlich noch geringer ausgefallen, wenn 'der Kaiser selbst nicht demselben persönlich so sehr gewogen gewesen wäre, und ·das Werk nicht den kaiserlichen Namen an der Spitze getragen hätte. — Die Mit- und Nachwelt hat übrigens hinlänglich über den Werth der Schrift, des schönsten Geschenkes, welches der edle Kaiser der Gelehrtenwelt gemacht hat, entschieden.

Kepler fand auch nach Publication seiner Schrift de Marte keine Veranlassung, der Verlockung zu folgen und sich in die stürmischen Wogen des politischen Lebens, welche seinen Rivalen am Hofe, Tengnagel erfassten, zu stürzen. Er war mit dem literarischen Verkehr vollauf beschäftigt. Seine wahrhaft monströse Correspondenz mit den meisten Gelehrten Deutschlands von seinem Fache, die Besuche der an den gelehrten Hof Rudolfs noch immer Zureisenden, von denen so viele an ihn empfohlen waren, wo er dem eine Stelle, jenem · Verbindungen verschaffen sollte, nahmen seine Zeit vollauf in Anspruch.

Seine erneuerten Bestrebungen, in Tübingen eine Anstellung zu finden, waren auch diesmal fruchtlos geblieben, und so blieb er denn im Dienste des Kaisers in Prag und schrieb mehre astrologische Schriften, wie den Tertius interveniens, und eine Replik gegen Röslin in Angelegenheit der Astrologie, welche, in deutscher Sprache verfasst, voll Witz und Satyre ist, und wo er sich darüber freut, dass er die Astrologen endlich gezwungen, hervorzutreten und sich zu vertheidigen, denn „bisher war der Handel gar suspect, da ein jeder Astrologus dem anderen seine Tand schlecht hinweg passiren lassen, und keiner den andern beissen wollen."

Von dem grössten Interesse sind die Beziehungen Kepler's zu Galilei, seine Arbeiten über das Fernrohr, sowie die dioptrischen Studien überhaupt, welche alle in das Jahr 1610 fallen.

Galilei hatte mit einem von ihm construirten Fernrohr am 8. Januar das erstemal die Jupitersmonde beobachtet, und im März diese so wie mehre andere bedeutende Entdeckungen in einer Abhandlung bekannt gemacht. Kepler erhielt im April Kunde hievon. Bald sendete ihm auch der am Hofe anwesende Fürst Jul. Medicis ein Exemplar der Schrift (sidereus nuncius) Galileis und erbat sich hierüber die Meinung Kepler's, um sie Galilei mitzutheilen. Durch die nun eingeleitete Correspondenz der beiden grossen Männer zieht sich eine Angelegenheit, welche Zeugniss gibt von den zahlreichen Gehässigkeiten, mit denen Galilei damals bereits in Italien zu kämpfen hatte, und welche bis nach Böhmen hereinspielten.

Es hielt sich nämlich in Bologna ein junger Studirender der Medicin aus Böhmen Joh. Horky auf, der schon am 31. März über Galilei's Entdeckung an Kepler schrieb, und um Aufklärung bat, was Wahres wohl daran sei. In einem zweiten und dritten Schreiben bezeichnete er bereits die Sache als Fiction, machte sich darüber lustig und versichert, dass niemand in Bologna etwas darauf halte. Er liess sich auch verleiten, eine Flugschrift gegen Galilei zu veröffentlichen. Kepler, welcher bereits im Mai eine Dissertation über Galilei's Entdeckung publicirte, die voll Bewunderung für denselben war, erhielt Horky's Schmähschrift Ende Juni und gab der Indignation hierüber sowohl in einem Schreiben an Horky, wo er diesen mit scharfen Worten zurechtwies, Ausdruck, als er gleichzeitig hierüber an Möstlin schrieb; doch Möstlin nahm eher Partei für Horky. Als dieser, welcher Keplers Brief nicht erhalten hatte, am 24. October triumphirend über den Erfolg seiner Schmähschrift, die in Italien viel Zustimmung gefunden hatte, aus Bologna nach Prag zurückkam, war er sehr enttäuscht, in Kepler einen entschiedenen Vertheidiger der Entdeckungen Galilei's zu finden. Doch söhnte sich der gutmüthige Kepler bald mit ihm aus. Horky heirathete im November und lud Keplern zur Hochzeit, was aber dieser denn doch dankend ablehnte.

Im Juli schrieb Kepler auch an Galilei über diese

unliebsame Angelegenheit; voll Indignation über Horky ermächtigte er Galilei, seinen Brief zu veröffentlichen. Dieser antwortete wie ein Mann der Wissenschaft, der seiner Sache gewiss ist. Er anerkannte mit dem lebhaftesten Danke, dass Kepler der erste und beinahe Einzige seinen Entdeckungen Glauben geschenkt, noch ehe er sie zu prüfen Gelegenheit hatte. Den Horky betreffend, so sei er eine ebenso obscure Persönlichkeit, als keck und unwissend, so dass er sich mit ihm nicht weiter abgeben wolle. Uebrigens, sagt er mit einer Anspielung auf seine Entdeckung der Trabanten des Jupiter: Gegen Jupiter kämpfen Giganten und Pygmäen vergebens! (Stet Jupiter in coelo, et oblatrent sycophantes quantum volunt.) Was die übrigen Gegner betrifft, so lacht er gleichfalls ihrer Dummheit (volo mi Keplere, ut rideamus insignem vulgi stultitiam. Cur tecum diu ridere non possum? Quos ederes cachinos, si audires, quae contra me prolata fuerunt). Man sieht, dem Galilei war sein späterer berüchtigter Ausspruch: e pur si muove, wenn er ihn je gethan, gewiss zuzutrauen!

Keplers trübstes Jahr in Prag, 1611, kam heran. Schon hatte er die Absicht, von Prag zu fliehen, und sich einige Zeit nach Freiberg in Sachsen zu einem Freunde zurückzuziehen, um dort ruhigere Zeiten abzuwarten, als seine bereits seit längerer Zeit kränkelnde Gattin wieder bettlägerig wurde, und auch im Jänner die drei Kinder von den Blattern ergriffen wurden. Dabei machten ihm die Rückstände des Salars manchen Kummer. Zu dieser häuslichen Noth kam der Einfall der Passauer in Prag (15. Februar). Der unglückliche Kaiser Rudolf wurde (11 April) auf der Burg geradezu gefangen genommen, musste Allem entsagen, und sich mit einer jährlichen Apanage begnügen. Als Mathias nach Prag kam, übernahm er Kepler in seinen Dienst, und bewilligte auch dessen Bitte, nach Linz übersiedeln zu dürfen, um dort mit mehr Ruhe an die Vollendung der Rudolfinischen Tafeln gehen zu können.

Der Leidenskelch war aber in diesem Jahre erst zur

Hälfte geleert. Vier Tage nach der Passauer Occupation starb Kepler's sechsjähriger Sohn, sein Liebling, eine Epidemie brach in Prag aus, und als Kepler, welcher nach der Krönung des Mathias (23. Mai) nach Linz abgereist war, um die Einleitungen zu seiner Uebersiedlung zu treffen, am 23. Juni zurückkam, erkrankte seine Gattin neuerlich heftig, und starb am 3. Juli an Typhus. Den Verlust der Gattin empfand Kepler eben nicht allzuschwer, denn er dachte sehr bald daran, sich wieder zu verehelichen. Schwerer trug er die Sorge für die mutterlosen zwei Kinder, und die Geschäfte der Erbtheilung seiner Stieftochter.

Dabei legte Kaiser Rudolf seiner Uebersiedlung Schwierigkeiten in den Weg. Er wollte Keplern nicht von sich lassen und dieser blieb denn auch bis zu seinem Tode bei ihm. Mitten in diesen Wirren wurde die Dioptrik in Augsburg gedruckt.

Den trübseligen Winter, welcher hierauf folgte, brachte Kepler viel im Hause des Baron Hofmann zu, der ihn oft zu Tische lud. Auch mit Bachaček verkehrte er, jedoch fand er in der Gesellschaft dieses 72jährigen kranken Mannes, welcher bereits im Winter bettlägerig war († 16. Februar 1612), so dass der Verkehr manchmal brieflich stattfand, wenig Erholung. Das körperliche Leiden des Kaisers Rudolf verschlimmerte sich gleichfalls in diesen Tagen, und er starb am 20. Januar 1612, unglücklich, verkannt und verlassen! Jetzt seiner persönlichen Verpflichtungen auf der prager Burg entbunden, dachte Kepler ernstlich an die Uebersiedlung nach Linz, welche denn auch im April 1612 ungehindert und unbeachtet erfolgte.

Kein Denkmal aus Stein oder Erz ist in Prag dem edlen Kaiser, der dort durch 36 Jahre, keines seinem grossen Mathematiker, der dort durch 12 Jahre gelebt und gewirkt hat, bis zum heutigen Tage errichtet worden! Und doch gäbe es kaum einen würdigeren Gegenstand solch dankbarer Erinnerung der Nachwelt!

Im Herbst 1612 war Kepler wieder wegen des rückständigen Salars in Prag, und kehrte erst im November in die neue Heimath zurück. Seine Verbindung mit Böhmen blieb jedoch viele Jahre hindurch rege. Oefters kam er nach Prag und weilte manchmal mehre Wochen hier. Wie bereits 1609, so eröffnete sich ihm neuerlich im Jahre 1617 durch den damaligen Rector der Universität, Jessenius, die Aussicht, als Professor der Mathematik an die hohe Schule Prags zu kommen. Aber die blutigen Ereignisse der Jahre 1618—1621 vernichteten diese schönen Pläne.

Durch die spätere Anstellung Kepler's als Mathematiker des Herzogs von Friedland war dessen Verbindung mit Böhmen nur eine mittelbare. Waldstein besass zu wenig gelehrte Bildung, steckte zu tief in astrologischen Träumen, als dass ihm der Umgang Kepler's hätte behagen können. Der Italiener Johann Seni horoskopirte ihm mehr zu Danke, weshalb er den Bitten Kepler's gern nachgab und ihn am 26. April 1628 von Prag nach Sagan sendete, wo er seinen Studien mit Musse nachgehen konnte.

Kepler liess trotz den unseligen Wirren des 30jährigen Krieges in Prag doch manche Spuren seiner geistigen Thätigkeit zurück. Es sei hier nur ein Mann flüchtig genannt, auf welchen dessen Schriften besonders befruchtend wirkten, Marcus Marci von Kronland, welcher nach der Schlacht am weissen Berge als der erste Professor der Medicin in Prag wirkte, und dem in der damaligen Literargeschichte Böhmens unzweifelhaft der erste Platz gebührt. Sein Lebenslauf liegt weit ausserhalb der diesen Zeilen gesteckten Grenzen, und ich führe daher über ihn nur dasjenige an, was Goethe sagt:

„Die grossen Wirkungen, welche Kepler und Tycho Brahe in Verbindung mit Galilei im südlichen Deutschland hervorgebracht, konnten nicht ohne Folgen bleiben, und es lässt sich bemerken, dass in den kaiserlichen Staaten, sowohl bei einzelnen Menschen als ganzen Gesellschaften, dieser erste kräftige Anstoss immer fortwirkt. M. Marci, etliche und 20 Jahre jünger als Kepler, ob er sich gleich vorzüglich auf Sprachen gelegt hatte, (?) scheint auch durch jenen mathematisch-astronomischen Geist angeregt worden zu sein."

Und so seien diese Blätter der Erinnerung an das prager Leben Brahe's und Kepler's mit dem Wunsche geschlossen, dass der Genius des Letzteren, welcher hier zu so herrlicher Entfaltung kam, auch hier stets dankbar geehrt werde, und sein Beispiel dahin wirke, dass an dieser Stätte trotz allen äusseren Stürmen der Geist echten und ernsten wissenschaftlichen Strebens niemals untergehe.

Prag im December 1871, drei hundert Jahre nach Kepler's Geburt.